수목
원

ROMAN
COLLECTION
008

수목
원

서
진
연 소
설

나무옆의자

차 례

수목원

조용히 시간이 흘러
싸늘하게 식어간다*

* 요시모토 바나나의 『불륜과 남미』 중.

1

어지러운 꿈을 꾸다 잠을 깼다.

자다 깬 곳이 어디인지 잠시 헷갈렸다. 먹빛 하늘이 전면 창을 통해 그대로 쏟아져 내려와 있었다. 비를 잔뜩 품은 하늘이었다.

아무렇게나 벗어 던진 옷가지로 주변이 어수선했다. 엉망으로 취한 와중에도 씻기는 했었는지 소파 테이블에는 기초화장품이며 쓰고 난 화장솜 등이 어지러이 놓여 있었다.

누운 채로 손만 뻗어 블라인드를 내렸다. 답답했던 가슴도, 어수선한 실내도 엷은 어둠 속으로 가라앉았다.

금요일 저녁의 회식으로 시작하여 몇몇이 남아 새벽까지 마셨으니 주종을 가렸을 리 없었다. 24시간 해장국집에서 마신 소주가 마지막이었을 것이다. 누군가와 소주잔을 부딪치며 건배를 외쳤던 일이 앞뒤 맥락도 없이 떠올랐다. 그곳에서 나와 잠시 하늘을 올려다봤던 일도. 동쪽 하늘이 부옇게 밝아오고 있었다.

해장국집까지는 어떻게 갔을까. 그 전까지는 또 어디에서 누구와 마셨을까. 2차 호프집에서 이사님이 가시고, 부장님과 차장님과 함께 가라오케로 갔다. 그리고 또 어딘가를 들렀던 것도 같고, 아닌 것도 같고.

끝까지 남아 있었을 몇몇을 떠올려봤다.

국내 영업팀 김 과장과 디자인실 장 실장과 우리 팀 신입과 홍 대리와 해외 업무 파트에서는 차 대리와 하재영과…… 아니, 하재영은 끝까지 남아 있지 않았었다.

가라오케의 룸으로 위스키가 들어오고 맥주가 들어오고, 소주파인 부장을 위해 편의점에서 사 온 소주가 테이블 위로 올라왔다. 누구랄 것도 없이 다 함께 악을 쓰며 불러대는 노래에 맞춰 탬버린을 흔들고 취한 몸들을 비비댔다.

화장실 앞이었던가, 계단참이었나.

언제 따라 나왔는지 재영이 내 어깨를 잡아챘다. 취한 와중에도 나는 위험하다, 하고 생각했다. 누구에게든 들킬 수 있었다. 그의 가슴팍을 두 손으로 밀어냈다. 밀어내다 휘청하며 몸의 중심을 잃었다. 재영이 재빨리 허리를 휘감아 당기지 않았다면 그대로 넘어졌을 것이다. 재영은 바로 몸을 밀착시켜왔다. 더운 숨을 내뿜으며 어디랄 것도 없이 무작정 내 몸을 더듬어댔다. 내 입술을 찾아 핥고 물고 빨다가 앙다문 입술 사이로 파고들었다. 있는 힘껏 그를 다시 밀어냈다. 재영은 아예 내 팔뚝을 붙들고 계단을 뛰어오르기 시작했다.

밖으로 나와 현관문이 열려 있는 바로 옆 건물로 나를 밀어넣었다. 지하로 내려가는 어둠 속에서 거칠게 블라우스 자락을 헤치고 젖무덤 사이에 얼굴을 파묻으며 스커트 자락을 걷어 올렸다.

엎드린 채 양손으로, 팔꿈치로, 가슴으로 지탱해야 했던 계단 난간의 선뜩한 냉기가 되살아났다. 뒤에서 양쪽 골반을 움켜잡고, 때론 한쪽 어깨를 틀어쥐고, 깊숙이 깊숙이, 거듭거듭 부딪치며 밀착시켜 파고들던 재영의 몸과 중심이 다시 느껴졌다. 취기인지 오르가슴인지 모를 아득했던 순간마저 고스란히 되돌아왔다.

뜯긴 단추 하나는 결국 찾지 못했다. 찢긴 스타킹은 벗어서 화장실 쓰레기통에 버려야 했다. 두 사람이 함께 자리를 비웠다는 사실은 아무도 알아채지 못한 듯했다. 여전히 악을 쓰듯 노래를 부르고 탬버린을 치며 함부로 몸들을 흔들어대고 있었다. 먼저 돌아와 있던 재영도 언제 자리를 비운 적이 있었냐는 듯, 언제 무슨 일이 있었냐는 듯 부장 옆에 앉아 연신 술을 권하고 있었다. 상기된 그의 얼굴도 격정의 흔적인지 취기인지 알 수 없었다.

유리컵에 위스키를 따라 단숨에 비우고 자리에서 일어났다. 탬버린을 흔들어대다가 다시 위스키를 마시고, 맥주를 마시고, 부장 몫의 소주까지 마셨다. 부장이 슬그머니 사라지고, 차장의 귀에 대고 뭐라 속삭인 재영이 방을 나가 돌아오지 않았다는 것이 그곳에서의 마지막 기억이었다.

2

샤워를 하고 물기를 닦다 보니 팔뚝이며 가슴에 멍이 들어 있었다. 손가락으로 푸른 멍을 가만히 눌러봤다. 아프지는 않았다.

가운을 걸치고 욕실에서 나왔다. 주방에서 주스를 따라 마시고, 다른 쪽보다 한 계단 낮은 거실로 내려와 티브이부터 켰다. 딱히 보고 싶은 프로그램이 있는 것은 아니었다. 이대로 막막한 적막에 잠기는 게 싫었다. 아무도 없는 세상 끝에 혼자 버려진 기분이랄까.

주말이면 늘 그랬다. 밖에서는 뭔가 큰일이 벌어졌는지도 모르는데, 갑자기 전쟁이 터졌다거나, 어떤 이들의 바람대로 순식간에 들려 올라갔다거나, 좀비 바이러스에 감염된 사람들이 복도를 가득 메우고 현관 앞까지 밀려와 서성이고 있을지도 모르는데, 이 네모난 상자 안에서 술에 취해 잠만 자다가 홀로 남겨진 듯한 기분.

어쩌면 저 밖의 세상은 처음부터 존재하지도 않았는지 몰랐다. 실제라고 믿고 기억하는 모든 것이 실은 내가 만든 허상이거나, 한바탕 꿈이었는지도. 그래서 때때로 불안했고 그래서 티브이를 켰고, 화면 속 세상이 내 기억 속 세상과 다름없다는 것을 확인하고 안도했다.

오늘도 세상은 변함없이 잘 돌아가고 있었다.

휴대폰 배터리가 완전히 방전되어 있었다. 충전기를 찾아 콘

센트에 꽂았다. 소파 테이블 위의 쓰레기를 버리고 기초화장품들을 제자리에 정리했다. 아무렇게나 벗어 던진 옷들은 집에서 세탁할 것과 드라이클리닝 맡길 것을 구분하여 세탁 바구니에 각각 던져 넣었다. 외투는 가볍게 솔질하여 드레스룸의 전용 행거에 걸었다.

방전되어 있는 동안 전파를 타고 떠돌던 메시지들이 뒤늦게 연이어 도착했다. 거실에서 다른 쪽으로 올라가는 턱에 걸터앉아 일일이 확인해가며 지웠다. 모두 스팸 메시지였다. 재영으로부터는 한 통의 전화도 걸려와 있지 않았다. 메시지도 하나 남긴 게 없었다. 특별히 기대했던 것도 아닌데 어쩐지 씁쓸했다.

가방도 정리해두기 위해 지갑이며 파우치며 수첩 등을 빼내다가 문득, 귀에 익은 언어가 들려와 티브이 화면을 쳐다봤다. 화면 속 배경도 낯익었다. 짙푸른 녹음이 가득한 곳이었다. 여행 프로그램인 듯했다. 한국인 여행자가 있고 현지인 안내자가 있었다. 볼륨을 높이고 물끄러미 보다 보니 흐르는 영상 밑으로 그곳이 어디인지 알려주는 자막이 떴다.

나에게도 문득 떠오르는 기억이 있었다. 도쿄에서 오사카로 가는 길목에 있었던 수목원, 그곳이 분명했다.

가방을 드레스룸으로 가져다 걸어놓고 식탁 의자를 책장 앞으로 끌고 갔다. 먼지를 뒤집어쓴 사진첩들이 책장 위에 있었다. 의자를 딛고 올라가 사진첩을 꺼냈다. 물티슈로 먼지만 닦아내고, 식탁에 늘어놓은 책이며 노트북을 한쪽으로 밀어놓고 사진첩을 올렸다.

어릴 때 필름으로 찍은 것들은 거의 유실되어 없고, 대부분 디지털로 찍어 인화해두었던 것들이었다. 점점 무언가를 기념할 일은 줄고 사진도 잘 찍지 않게 되면서, 어쩌다 찍더라도 노트북으로 옮기거나 그대로 삭제하여 그게 거기 있었더라는 것도 잊고 있었다.

중간중간 빼서 없애고 뒤죽박죽 시간순으로도 배열되지 않게 된 것들을 뒤적여 몇 장의 사진을 찾아냈다.

"아, 이게 아직도 여기 있었네?"

혼잣말을 중얼거리며 손에 들고 가까이 들여다봤다.

열대식물로 가득 찬 온실 안이었다. 거대한 야자수 그늘 아래에서 스무 살의 내가 한쪽 눈을 찡긋 감고 환하게 웃고 있었다. 밖에는 비가 내리고 있었나 보다. 나는 모자가 달린 투명한 비옷을 입고 있었다. 그 안에 입은 하얀색 민소매 원피스가 그대로 비쳐 보였다. 내 뒤로도 일회용 비옷을 입은 몇몇이 허리를 숙여 식물을 들여다보거나, 서로 마주 보고 이야기를 나누며 웃고 있었다.

나는 무엇을 하던 중이었을까. 이 몸짓은 어떤 의미였을까. 이 바보야, 하고 놀리고 있었을까. 사랑해, 하며 윙크를 보내고 있는 걸까. 그저 그가 무작정 들이대고 찍은 몇 장의 사진 중 하나였을까. 그는 평소에도 내 일상을 카메라에 즐겨 담곤 했다. 내가 의식하지 못하고 있는 사이에도 언제나.

꽤 많은 사진이 있었다. 이제는 없다. 한 장 두 장 사라진 게 아니라, 내가 한꺼번에 치웠다. 그와 함께 있는 사진들은 물론이고 나 혼자 있는 사진들까지 모두. 남은 것이라고는 풍경과 풍경과 또 다른 풍경뿐. 그런데 이 한 장은 어떻게 남아 이 자리에 꽂혀 있는 걸까.

그날 그 자리, 내 앞에 서 있었을 그의 모습이 생각나지 않았다. 어떤 옷을 입었었는지, 머리 모양도, 신발도, 늘 메고 다니던 카메라 가방의 모양도 떠오르지 않았다. 그저 그라는 인물이 하나의 실루엣으로 혹은 하나의 덩어리로 나를 향해 웃고 있었다.

사진 속 내 오른편에 있는 유리창으로 그의 모습이 비쳐 보이지는 않는지, 새 옷의 얼룩을 지우듯 세심하게 살펴봤다. 어른거리는 그림자가 그인 것도 같고, 아닌 것도 같고.

사실 사진 속 수목원이 티브이 영상 속 수목원이 맞는지도 알 수 없었다. 흐르는 영상 아래로 스쳐간 지역명과 수목원 이름을 보고 나도 생각났다지만 그건 나의 착각일 뿐, 실제로 그것은 내 기억으로부터 온 것이 아닐 수도 있었다.

커다란 야자수를 중앙에 놓고 그 앞으로 작은 연못을 파고, 각종 열대식물로 옹기종기 꾸며놓은 온실을 갖춘 수목원은 전 세계 어디에 얼마든지 있을 테니까. 게다가 십오 년이나 지난 지금까지 식물들이 그 상태를 그대로 유지하고 있을 수는 더욱 없는 일이었다.

그래도 참 많이 닮아 있었다. 다른 사진의 배경으로 서 있는 수령 오랜 자작나무 숲, 그 향기를 지금도 가끔씩 떠올리는 로즈마리밭, 보랏빛 라벤더 정원과 튤립 코너를 지나 들꽃이 무더기로 피어 있는 산책로를 따라가다 만나게 되는 연못 위의 구름다리와 그 너머 장미 정원까지.

거기, 숯불에 굽고 달달한 간장으로 졸여낸 닭고기를 밥 위에 얹고, 여린 새싹 채소와 먹을 수 있는 꽃잎으로 장식해주던 덮밥집도 아직 있을까.

기억이란 참 이상한 것이다. 시간이 흘러 더러 희미해지고 지워져도 몸으로 감각했던 것들은 잘 잊히지 않는다. 예를 들면 통증이라든가 냄새라든가 맛 같은 것. 내 눈앞에서 흘러갔을 풍경들이 그 향기와 맛을 감각했던 순간의 장면들로만 앞뒤 맥락 없이 하나하나의 정지된 화면으로 각인되어 있었다.

갑자기 속이 헛헛해지며 몹시 쓰려왔다.

냉장고를 뒤져봤지만 먹을 만한 게 있을 리 없었다. 싱크대를 뒤져 라면 한 봉지를 찾아냈다. 냄비에 물을 받아 가스레인지에 올리고 라면 포장을 뜯었다. 물이 끓기를 기다리며 선 채로 낯익은 장소가 또 지나가는지 소파 너머로 흐르는 티브이 속 영상과 펼쳐놓은 사진들을 번갈아 쳐다봤다. 알 듯 모를 듯, 비슷한 듯 비슷하지 않은 듯, 기억이 날 듯 나지 않을 듯.

문득 화면 아래로 뜨는 자막과 무관하게 현지인 가이드의 익숙한 언어를 계속 귀로 듣고 있었다는 것을 깨달았다. 들으며 모국어처럼 모두 알아듣고 있었다는 것도. 순간 먼지처럼 떠다니던 감정의 입자들이 일제히 부유를 멈추었다. 슬그머니 가라

앉았다.

그 시절 예기치 못한 장소에서 무심결에 모국어를 들었을 때의 느낌도 이와 비슷했을까. 한쪽 가슴을 선뜩하니 베이고, 이내 무엇이 그리운지도 모르는 채로 무작정 그리움을 앓던 시절.

3

그래, 그랬던 것 같았다.

엄마가 운영했던 한국식 가라오케에서 누군가 〈서울 서울 서울〉이라는 노래만 불러도 가슴이 먹먹하여 한참 동안 서울의 한강이, 철교가, 네온으로 밝은 밤거리가 스쳐가는 화면만 쳐다보다가 주르르 눈물을 흘리곤 했으니까. 〈아름다운 강산〉이라는 노래라도 나오면 아예 폭풍 오열을 하곤 했었지.

어느새 물이 졸아 냄비 바닥이 타닥타닥 타들어가고 있었다. 얼른 주방으로 들어가 가스레인지의 불을 껐다. 거실 쪽의 티브이에서도 프로그램이 끝나 통통 튀는 비타민 음료 광고를 내보내고 있었다.

갑자기 일본식 덮밥이 먹고 싶어졌다. 자잘한 새싹 채소와 식용 꽃잎으로 장식되어 있지 않더라도, 간장을 넣고 달달하게 졸여낸 닭고기를 얹은 것이 아니어도, 바삭하게 튀겨낸 돈가스라든가 새우튀김이라든가. 아니 다른 무엇이라도 상관없었다. 그 시절에 흔히 먹던 맛들이 그리워졌다. 돼지 뼈를 밤새 곤 국물에 된장을 풀어 부드럽게 불린 미역과 송송 썬 대파와 아삭한 숙주를 잔뜩 얹은 미소라멘도 괜찮을 것 같았다. 숙취를 풀기에도 그만한 것은 없을 것이었다.

주변에 라멘 가게가 있었던가? 딱히 생각나지는 않았지만 있을 법도 했다. 아니 없을 리가 없었다. 그런데 먹어도 괜찮을까? 채소나 육류 등의 재료들은 국산 제품을 쓴다 해도 양념이나 소스 등은 현지에서 직접 들여와야 할 텐데.

후쿠시마 원전 사고 이후로는 식자재뿐 아니라 공산품도 일본산은 기피를 넘어 혐오의 대상이 되었다. 그러나 곧 광우병 파동 이후의 미국산 소고기처럼 사람들은 다시 무뎌지기 시작했다. 일본으로 여행을 가고 일본산 제품들을 사들였다. 젊은 사람들이 주로 애용하는 이자카야나 오뎅 바 등은 잠시 타격을 입기는 했지만 간판을 내려야 할 정도까지는 가지도 않았다.

라멘 가게도 마찬가지였을 것이다.

나 역시 생각했다. 이제는 괜찮지 않을까?

오피스텔촌에서 도로 하나만 건너면 옷 가게와 음식점과 각
종 편의 시설이 밀집해 있었다. 삼 층짜리 건물들이 보도블록
으로 정비된 골목 같은 광장을 사이에 두고 마주 보며 늘어서
서, 두 블록에 걸쳐 거대한 타운을 형성하고 있었다.

서울로 나가는 지하철역이 도보로 가능한 거리에 있었고, 경
복궁이나 종로까지는 사십 분이면 충분했다. 강남까지도 한 시
간 남짓밖에 걸리지 않았다. 서울에서 집을 구하기에 신물이
난 젊은 직장인들이 대거 유입되며 중소형 평수의 오피스텔이
주목받고 있는 지역이었다. 나 역시 거기에 한몫을 하고 있는
셈이었다.

양쪽으로 늘어선 간판들을 살피며 걷다 보니 타운 끝에 있는
중앙 광장에 다다랐다. 거대한 인공 호수를 품고 있는 도시의
남쪽 끝 공원으로부터 전철역이 있는 북쪽 도로변까지 이어진
아주 너른 광장이었다. 중앙 광장 너머로 공영 방송의 드라마
센터가 들어서며 뒤늦게 비슷한 형태의 타운이 형성되었고, 그

주변으로도 오피스텔 빌딩이 빽빽하게 들어섰다.

그쪽으로 넘어갈 것도 없이 바로 앞에 있는 건물 삼층에서 라멘 가게 간판을 발견했다. 하얀 바탕에 검정색 흘림체로 '祭り'라고 적혀 있었다. 그 밑으로 작게 히라가나와 한글로도 표기되어 있었다. 마츠리, 축제라는 뜻이었다.

엘리베이터 세 대가 모두 올라가고 있는 것을 확인하고 비상계단 쪽으로 걸음을 옮겼다. 가게 앞에도 검정색 흘림체로 'らめん'(라멘)이라고 쓰인 붉은 등이 걸려 있었다.

나무로 짠 격자무늬 유리문을 밀고 들어가자 딸랑, 하고 종소리가 났다. 주방에서 짙은 감색의 일본식 웃옷을 입은 남자가 고개를 내밀고 "이랏샤이마세" 하고 밝게 인사했다.

점심을 먹기에는 늦고 저녁을 먹기에는 이른 시간이었다. 주방 앞의 바와 몇 개의 테이블이 텅 비어 있었다. 길쭉한 주방 앞을 지나쳐 들어가 안쪽 홀의 창가로 자리를 잡았다. 호수 공원과 이어진 중앙 광장이 바로 내려다보이는 자리였다.

남자가 물병과 물컵과 함께 메뉴판을 가져다 놓고 갔다.

기대했던 대로 미소라멘이 있었지만, 샘플 사진을 보니 숙주는 듬뿍 들어 있는데 미역이 보이지 않았다. 남자를 불러 물어봤다. 남자는 원래 미소라멘에는 미역이 안 들어가고, 미역이 들어가는 메뉴로는 와카메라멘이라는 게 있다고 설명했다.

"그건 간장으로 간을 한 거잖아요?"

"그렇죠."

"그냥 미소라멘에 미역을 좀 넣어주시면 안 될까요?"

"그게 드시고 싶으세요?"

"네, 부탁드려요."

"그러죠, 그럼."

남자가 선선히 고개를 끄덕였다.

"아, 그리고 차슈는 빼주시고요."

말해놓고 후회했다. 음식이 나온 뒤에 따로 덜어놓으면 되는데, 선선한 그의 표정에 그만 까다롭게 굴고 말았다.

"차슈는 라멘의 정점인데, 안 좋아하세요?"

"네, 좀……."

"한번 드셔보시죠? 저희 집 건 다르거든요. 한번 먹어보고 입맛에 안 맞으면 빼놓으셔도 되니까."

더 이상 까다롭게 굴기 싫어서 그러겠다고 했다. 메뉴판을 접어 남자에게 건넸다.

"아, 그런데 다른 손님들에게는 비밀입니다."

"네?"

남자를 올려다봤다.

"특별 메뉴요, 미소라멘에 와카메."

남자는 농담이었다는 듯 한쪽 눈을 찡긋해 보였다. 그러고는 바로 돌아서서 갔다.

사진 속 내 모습이 다시 떠올랐다. 그 위로 내 앞에 서 있었을, 내가 보고 있었을 그의 실루엣이 겹쳐졌다.

남자가 주방으로 돌아가 냄비에 육수를 부어 불 위에 올리는 것까지 지켜보다 창밖으로 시선을 돌렸다. 사진 속 스무 살의 나는 무슨 생각을 하고 있었을까. 그 앞에 서서 그는 또 어떤 생각을 하며 무슨 말을 하고 있었을까.

비밀이야. 비밀이야? 뭐가? 그런 말을 했던 것도 같았다.

아니, 다른 때의 다른 상황이었나?

그의 목소리가 들리는 듯했다.

히미츠(ひみつ, 秘密).

히미츠?

그 사진을 찍었을 때의 앞뒤 상황이 떠오를 듯 떠오를 듯 떠오르지 않았다. 별로 중요하지는 않지만 분명히 알고 있는 뭔가를 잊었을 때, 도무지 기억나지 않아 답답할 때와 비슷했다.

중앙 광장은 벌써 사람들로 꽉 차 있었다. 금방이라도 비가 내릴 듯 잔뜩 찌푸린 날씨인데도 인라인스케이트를 배우는 아이들이 있고, 보드 연습을 하는 젊은 친구들이 있었다. 자전거 무인 대여 시스템인 피프틴 자전거를 타는 사람들도 보이고, 호수 공원 쪽으로 가는 연인들, 반대편 전철역으로 바삐 걷는 사람들, 광장 한쪽에 세워진 하트 조각상 앞을 서성이며 누군가를 기다리는 사람들, 개를 산책시키거나 벤치에 앉아 한가로이 주말 오후를 즐기는 사람들, 사람들, 사람들.

그들도 십오 년쯤 지난 어느 날 문득 오늘을 떠올리게 될까. 어떤 모습으로, 어떤 감정을 담아 기억하게 될까.

휴대폰에 저장된 번호를 불러 통화 버튼을 눌렀다. 연결 음악이 길게 이어지다가 두 번쯤 반복되어 끊으려 할 때 저쪽의 음악이 먼저 끊겼다. 상대의 목소리도 확인하지 않고 다짜고짜 물었다.

"마마, 그 아저씨하고 아직 연락해?"

"누구?"

24

수화기 저편에서 마마가 잠이 덜 깬 목소리로 되물었다.

"다카하시 상 말이야. 아직 가게에 와?"

"어떤 다카하시? 다카하시가 한둘이야?"

"히데오 아버지."

"히데오 아버지?"

"응, 히데오 아버지."

"갑자기 그 사람이 왜 궁금해?"

"오랜만에 옛날 사진 보다가, 걔가 찍어준 사진이 나와서."

"지금 몇 시니?"

"세시 반."

"얘가 진짜, 끊어!"

"일어날 때 됐잖아."

"금요일 밤이 얼마나 바쁜지 몰라? 아침에 들어왔어. 제발 잠 좀 자자."

"오늘 쉬어?"

"쉬긴 뭘 쉬어. 좀 있다 나가야지."

"요즘 장사 잘되나 봐? 돈 많이 벌음 이 가련한 딸도 좀 생각해주지?"

"그 전에 이 가련한 엄마도 좀 생각해줄래? 끊는다, 우리 딸!"

그리고 엄마는 진짜로 전화를 끊었다.

4

휴대폰을 내려놓으며 나는 피식 웃었다. 이불을 뒤집어쓰며 돌아눕는 엄마의 모습이 눈에 선했다.

엄마는 도쿄 외곽에 있는 작은 도시에서 한국식 밥집 겸 주점을 운영했다. 가게는 오후 다섯시에 문을 열어 새벽까지, 손님이 있을 때는 해가 뜰 무렵까지 일정한 패턴에 따라 바쁘게 돌아갔다. 배달된 재료들을 손질해두기 무섭게 인근 가라오케에서 일하는 여종업원들이 출근 전 이른 저녁을 먹기 위해 몰려들었다. 그들이 빠져나간 자리를 유학생과 샐러리맨들이 채웠다. 가끔은 엄마의 옛 단골들이 잊지 않고 찾아오기도 했다. 자정이 넘어 호스트클럽 남자애들이 밥을 먹고 출근하면 근처 가라오케들의 영업이 끝나는 시각이었다. 그때부터 본격적으로 새벽 장사가 시작됐다. 그래서 엄마는 늘 잠이 모자랐다.

그런 엄마에게도 십여 년 전까지는 가라오케를 운영하며 아주 잘나가던 시절이 있었다. 영업이 끝나는 시간 이후에는 깔끔하고 고급스럽게 인테리어 된 가게를 호스트클럽에 임대해 부수입을 올렸다. 내가 열 살 때 아버지와 이혼하고 건너가 바로 시작한 것이니, 엄마는 근 십오 년 동안 그 장사를 했던 셈이다. 젊지는 않았지만 그래도 엄마가 가장 예뻤을 무렵인 스물아홉부터 마흔넷까지. 지역의 시의원도, 옆 동네 야쿠자 오야붕도, 도쿄에서 사업을 크게 한다는 어느 회장님도 모두 엄마를 좋아했다. 단골이 많았다. 그중에서 내가 가장 좋아했던 사람은 역 앞에 있는 파친코점 사장인 교포 아저씨였다. 그들은 모두 엄마를 '마마'라고 불렀다.

엄마는 열아홉 살에 나를 낳았다.

방학 때마다 놀러 가는 지방 소도시에서 친척이 식당을 했는데, 그곳에서 매일 밥을 대 먹는 남자가 있었더란다. 늘 혼자 와서 밥을 먹고 가는 그가 퍽이나 쓸쓸해 보였다던가. 근방에 있는 공단으로 파견 근무 나온 스물일곱의 직장인이었다.

스물일곱의 직장인과 열여덟 여고생. 그들을 짧은 방학을 틈타 서로 눈이 맞았고, 내가 생겼다. 당연히 실수였지만 그들은 실수를 실수라고 인정하지 않았다. 서로를 너무나도 사랑했으니까. 스물일곱의 직장인은 당연히 결혼을 생각했고, 열여덟 여고생은 이미 세상 끝까지라도 그를 따라나설 각오가 되어 있었다.

그러나 두 집안의 반대가 거셌다. 아버지의 집에서는 엄마를 앞길 창창한 어른 남자를 꼬여낸 되바라지고 사특한 어린 여우로 취급했고, 엄마네 집에서는 아버지를 미성년자 강간범보다 낮게 취급하지 않았다. 아버지를 미성년자 약취 혐의로 신고해버릴 수도 있었고, 아직 콩알만 한 나 따위는 얼마든지 흔적도 없이 지워버릴 수도 있었다. 고집을 부려 낳게 되더라도 아주 먼 곳으로 보내버릴 수도 있었다.

양쪽 집안의 온갖 회유와 협박에 굴복한 아버지가 결국 먼저 포기했다. 혼자 소주에 다량의 수면제를 섞어 마셔버렸던 것이다.

"네 아버지가 그렇게나 심약했다. 그렇게 어린 나도 버티는데, 다 큰 어른인 자기가 왜 포기를 해? 차라리 같이 도망치자고 하지. 그때 알았어야 해. 남자들은 애고 어른이고 다 똑같아."

엄마는 늘 중간에 하던 이야기를 끊고 이 말을 간주처럼 집어넣고서야 다음 이야기로 넘어갔다.

위세척을 하고도 삼 일 동안 깨어나지 못하는 아버지 곁을 엄마가 지켰더란다. 할머니가 먼저 찾아와 일단 아들부터 살리고 보자고 울며 부탁했다고. 삼 일 만에 정신을 차린 아버지의 어깨를 흔들며 할머니가 물었다.

"나 알아보겠니? 얘는, 얘는 알아보겠어?"

"자…… 자야……."

아버지는 힘없이 웃으며 엄마를 향해 손을 뻗었다. 엄마가 눈물을 글썽이며 그 손을 마주 잡았다. 내가 자라고 있는 볼록한 배에 아버지의 손을 끌어다 댔다. 가만히 그 배를 어루만지던, 축축하게 식은땀이 밴 아버지의 손을 죽을 때까지 놓지 않겠노라고, 엄마는 그때도 한 번 더 단단히 결심을 굳혔더란다.

"아유 참나, 유치해서 못 들어주겠네. 자야가 뭐야? 귀자의 자?"

"그렇지, 그때는 다들 그렇게 불렀잖아. 귀자야, 하고 부르는 것보다 자야, 하고 부르는 게 더 멋있었지. 얼마나 낭만적이냐."

"응, 멋있네. 멋있어. 아주 달달해서 손발이 막 오그라드네."

엄마는 가끔 그렇게 푸념처럼 아버지를 추억하곤 했다. 눈이 펑펑 내리던 날 노점에서 산 붕어빵을 식지 않게 점퍼 속에 품어 안고 온 일이며, 여전히 여고생 티를 벗지 못하고 있었던 잠 많은 엄마 대신 밤새 울며 보채던 나를 업고 달래던 일까지.

술에 취한 아버지가 새벽에 담장 귀퉁이로 넘어 들어오다 옆집으로 떨어지고, 잠시 도둑으로 몰렸던 일은 나도 기억하고 있었다. 내가 초등학교에 막 입학했을 무렵이었다. 옆집, 앞집 마당에 불이 훤히 밝혀지고 사람들이 뛰어나오고, 뒤늦게 아버지인 것을 확인한 사람들이 엄마를 부르고, 다리가 부러져 일어나지도 못하고 엎어진 채로 있다가 엄마를 따라 나온 나를 쳐다보며 장난스럽게 한쪽 눈을 찡긋 감아 윙크하고는 하하, 웃던 아버지의 얼굴을 나는 자라는 내내, 커서도 잊지 못하고 자주 떠올리곤 했다.

열여덟 살의 엄마도 아버지의 그런 표정에 반했던 것일까.

그런데, 그러면 뭐하겠는가. 결국 이혼을 하고 말았는데. 한때 잃느니 죽음을 택할 수도 있었던 깊은 사랑의 유효기간은 몇 년이었을까.

그러고 보니 그때 아버지의 표정과 수목원 사진 속 내 표정이 서로 닮아 있다. 어린 딸이 놀랄까 자신의 고통 따위 꾹꾹 눌러 참고서, 오히려 장난스럽게 찡긋 웃으며 윙크하던 아버지의 표정.

어쩌면 당연한 일이었다. 엄마는 내게 늘 "어쩜 너는 그렇게 뼛속까지 네 아버지니" 하고 조금 지겹다는 듯 말하곤 했으니까. 성격도 외모도, 내가 봐도 나는 아버지를 참 많이 닮았다. 그런데도 새삼 발견한 사실인 양 문득 가슴이 뻐근해졌다.

히데오도 나의 그런 표정을 좋아했을까. 아직도 기억하고 있을까.

"일본에서 사셨나 봐요?"

남자가 나무 쟁반을 테이블 위에 올려놓으며 물었다.

"아, 네. 조금."

나무 쟁반에는 라멘과 단무지 등이 정갈하게 세팅되어 있었다.

"역 앞의 작은 라멘집에서 주로 이렇게 주잖아요. 그런데 우리나라 사람들은 된장에 미역 빠뜨린 건 별로 안 좋아하더라고요. 우리도 처음엔 그렇게 했다가 바꿨어요."

"아, 네."

나는 건성으로 대답하며 옻칠이 잘된 붉은 나무젓가락을 집어 들었다.

"이래 봬도, 정통입니다. 직접 배워 온 거예요"

"일본에서요?"

"대학을 거기에서 다녔어요. 중간에 돌아와서는 이것저것 하다가 잘 안됐는데, 역 앞의 작은 라멘집에서 아침마다 서서 후루루 먹던 그 맛이 자꾸 생각나더라고요. 그래서 다시 가서 그 집에서 오 년 동안 일하며 배운 거예요. 육수랑 차슈 만드는 비법이나 면 뽑는 방법 같은 건 잘 안 알려주는데, 꽤나 열심히 일했죠, 제가. 게다가 한국에서 조그맣게 차릴 거라니까……아, 이런! 면이 불면 맛없는데. 옛 생각이 나서는 반가운 마음에 그만. 맛있게 드십시오."

나보다 열 살쯤 많을까. 사십대 중반쯤 되어 보였다. 단단해 보이는 가뭇한 얼굴에 슬쩍 그늘이 지고 주름이 지기 시작한 외까풀의 큰 눈, 두툼한 입술 아래로 턱에는 푸르스름하게 면도 자국이 남아 있었다.

그가 대학 공부를 할 때라면 내가 있을 때보다 십 년쯤 전이었을 것이다. 아니 다시 배우러 갔다는 때는 같은 시기였는지도 몰랐다. 그때가 언제였고 어디에 있었는지 물으려다 말았다. 그가 얼른 돌아서서 카운터 쪽으로 갔기 때문이기도 하지만, 냄새가 정말 제대로 풍겨오고 있었기 때문이었다. 그의 말대로 면이 불기 전에 얼른 맛을 보고 싶었다.

먼저 채소와 면을 국물에 잘 적셔 젓가락에 감아올렸다. 기대했던 맛 그대로였다. 면발도 탱글탱글 살아 있고, 육수도 진하고 구수하면서 개운했다. 송송 썰어 얹은 파와 아삭하게 씹히는 숙주도 신선했다. 적당히 불은 미역에서 나는 바다 냄새도 좋았다. 차슈도 젓가락으로 집어 한입 살짝 깨물어봤다. 특유의 향과 함께 부드러운 육질이 고소하게 씹혔다. 남은 조각을 마저 입안으로 밀어 넣었다.

한국에서 이렇게 잘 만든 차슈는 먹어본 적이 없었다. 대부분 향이 너무 진하거나 느끼했다. 그 시절, 아침 일찍 학교에 갈 때마다 엄마를 깨우지 않기 위해 살금살금 집을 빠져나와, 역 앞의 작은 라멘 가게에서 선 채로 먹던 맛 그대로였다.

역 앞의 라멘 가게에는 원래 앉아서 먹을 수 있는 테이블이 없었다. 나무로 된 미닫이문을 열고 들어가면 바로 마주 보이는 주방 앞과 벽 쪽으로 길게 붙은 스탠딩 테이블에서 다들 선 채로 라멘이며 한쪽 면만 바삭하게 튀긴 교자를 먹었다. 어딘가로 가는 중이거나 돌아오는 중인 사람들이 스쳐 지나며 간단하게 한 끼를 때우는 곳이었다. 어느 지역의 전철역이든 그런 가게는 보통 출구마다 하나씩은 꼭 있었다. 지금 주방에서 무언가를 썰고 있는 저 남자도 아마 그런 가게에서 일하며 배웠다는 말일 것이다.

아침에는 그 라멘 가게, 점심에는 건너편 출구 쪽에 있는 회전초밥집, 두 곳 모두 내가 열 살 때 헤어진 엄마를 다시 만나, 엄마를 따라 일본으로 건너갔던 초기에 즐겨 가던 곳이었다. 한국에서의 학적으로는 고등학교 이학년, 아버지가 나를 할머니에게 맡기고, 한때는 나에게도 새엄마였던 여자와 함께 독일로 떠난 지 일 년쯤 지났을 때였다. 열여덟 살의 엄마가 스물일곱 직장인인 아버지를 만났던 나이, 바로 그 무렵이었다.

5

그릇을 들어 아직도 따뜻한 국물까지 훌훌 들이마셨다. 기분 좋은 포만감이 온몸을 부드럽게 감싸 안았다. 하늘이 잿빛으로 더욱 낮게 내려앉아 있는데도 중앙 광장에는 사람들이 더욱 늘어나 있었다.

휴대폰과 지갑을 챙겨 들고 자리에서 일어섰다. 남자가 손의 물기를 닦고 주방에서 나왔다. 내가 낸 신용카드를 단말기에 긁으며 맛이 어땠느냐고 물었다. 나는 아주 맛있었다고 대답했다. 남자가 카운터에 놓인 명함꽂이에서 가게 명함을 빼서 건넸다.

"자주 오세요. 그 외의 특별 메뉴도 언제든 가능합니다."

"네, 그럴게요, 잘 먹었습니다."

카드와 명함을 지갑에 챙겨 넣고 가게를 나왔다.

바로 아래층에 중고서점이 있었다. 매주 들르는 곳인데도 위층에 라멘 가게가 있는지 몰랐다. 워낙 많은 간판들이 달려 있는 데다 나 역시 한동안 일본식 주점이나 음식점에는 가지 않았다. 일본산 식자재도 사지 않았다. 그래서 더욱 모르고 지나다녔을 것이다.

뒷문을 통해 서점으로 들어갔다. 새로 들어온 책들을 꽂아두는 코너에서 지난 일주일 동안 매입된 책들을 살폈다. 존 쿳시의 책이 여러 권 들어와 있었다. 한 사람이 내다 판 것인 듯했다. 그중에서 하얀 표지의『추락』을 빼 들었다. 바로 아래 칸에 꽂힌 요시모토 바나나의『불륜과 남미』도 빼 들었다.

『추락』은 오래전에 읽은 적이 있지만 언젠가 다시 한 번 읽어봐야지 했던 소설이었다. 어느 날 책장을 뒤지는데 보이지 않았다. 누군가에게 빌려주고 떼였거나 이사를 다니며 정리했던 책들에 휩쓸려 함께 버려졌을 것이다. 요시모토의 책들도 한때는 꽤 많이 갖고 있었지만 이제는 한 권도 없다.『키친』을 읽은 이후로 번역되어 나오는 대로 구입해 읽다가 어느 날 문득, 그 특유의 쿨함이 지겨워져 안 읽게 된 작가였다. 갖고 있던 책들도 미련 없이 처분했다.

그런데『불륜과 남미』라니, 이 묘한 조합은 뭐지?

그 책도 같이 옆구리에 끼고 다른 책들을 살폈다. 마땅히 더 사고 싶은 것이 없어 두 권만 계산대로 가져갔다. 주말인데도 세 개의 계산대가 모두 한산했다.

일층으로 내려오니 비가 내리고 있었다. 광장의 풍경도 바뀌어 있었다. 한가로이 주말 오후를 즐기던 사람들의 흔적은 어디에도 없고, 광장을 건너가고 건너오는 사람들 모두 색색의 우산을 쓰고 있었다.

금세 비가 오리라는 것은 알았지만 우산을 챙겨야겠단 생각까지는 하지 못했다. 오피스텔까지는 한 블록 정도의 거리였다. 줄지어 늘어서 있는 쇼핑타운의 건물들 안으로만 건너 건너서 간다면 그리 젖지 않고 갈 수도 있을 것이다. 그런데 책이 문제였다.

"어, 아직 안 가셨네?"

뒤를 돌아보니 라멘 가게 사장이었다.

"책 사셨어요?"

그가 내 가슴에 안겨 있는 책을 쳐다보며 물었다. 그리고 나를 지나쳐 바로 옆의 편의점 파라솔 밑으로 들어갔다.

"무슨 책이에요?"

까만 앞치마 주머니에서 담뱃갑을 꺼내며 그가 물었다. 나는 두 권의 책을 한꺼번에 겹쳐 들고 그에게 보여줬다.

"추락? 소설인가?"

"네."

"또 하나는?"

두 권을 양손에 나눠 들고 마저 보여줬다.

"불륜과 남미? 표지 참 멋있네. 남미 작가 작품?"

"아니요, 일본이요."

"아!"

그가 나와 눈을 맞추고 싱긋 웃더니 담배를 입에 물고 불을 붙였다. 연기를 후후 내뿜으며 광장 쪽을 바라다봤다.

"비가 제법 오네."

그의 말이 주문이기라도 했다는 듯 바로 쏴 하고 빗줄기가 거세졌다. 주변 공기가 사뭇 더 습습해지고 싸늘해졌다.

현관 앞까지 빗물이 튀어 들었다. 한 걸음 뒤로 물러섰다. 남자도 파라솔 안으로 바짝 들어가 섰다. 파라솔 그늘에 가리고 빗줄기에 가려 그의 모습이 흐릿했다. 짙은 감색의 일본식 웃옷과 까만 앞치마가 같은 색깔로 보였다. 그가 빨아들이는 담배 불빛만이 경계가 흐릿한 무채색 파스텔화 속에서 빨갛게 타들어가고 있었다.

광장 쪽을 내다보며 서 있다가 그가 뭐라 말을 건넨 듯하여 그쪽을 쳐다봤다. 빗소리 때문에 무슨 말인지 알아들을 수 없었다.

"네? 뭐라 하셨어요?"

목소리를 높여 내가 물었다.

"우산 없냐고요."

소리치듯 그가 말했다.

"집이 가까워요. 비 좀 그치면 가려고요."

남자가 담뱃불을 튕겨 고인 빗물에 끄고 꽁초만 손에 들고 재빨리 이쪽으로 뛰어 건너왔다. 두세 걸음만이었는데도 그의 어깨와 머리가 젖었다.

"가게에 손님들이 두고 간 우산들이 좀 있어요. 빌려드릴게 요."

"금방 그칠 것도 같은데……."

"계속 이렇게 내릴 기센데. 잠깐만 기다려봐요."

남자가 건물 안으로 들어갔다. 계단 쪽으로 성큼성큼 걸어가 더니 가볍게 두 칸씩 뛰어올랐다.

그의 말대로 빗줄기는 잦아들 기미가 없었다. 오히려 더 퍼 부어대기 시작했다. 보도 위의 빗물이 얕은 냇물이 되어 파문 을 일으키며 도롯가의 배수구 쪽으로 흘러갔다. 바람까지 더해 져 길가의 나뭇가지들이 일제히 한 방향으로 쏠렸다. 굵은 빗 줄기가 사선으로 내리고 젖은 나뭇잎들이 후두두 떨어졌다.

바로 등 뒤에서 진한 육수 냄새와 담배 냄새가 한꺼번에 훅 끼쳐왔다. 거기에 축축한 비 냄새가 섞여 들었다.

"이거라도 갖고 가요. 쉽게 그칠 비가 아니네."

남자가 옆에 와 서더니 투명한 비닐우산을 내밀었다.

"그래도 돼요?"

"되니까 들고 내려왔겠죠?"

"꼭 돌려드릴게요."

"그냥 가져요. 비닐우산인데, 뭐."

"그래도요. 새것 같은데."

우산을 받아 펼쳐보니 사용한 흔적이 거의 없었다.

"집이 아주 가까워요. 오며 가며 돌려드릴 수 있을 거예요."

"이 비에 과연 그럴 수 있을까? 아, 저기 봐요. 아이고, 저 아가씨 어떡하나."

그가 턱짓으로 가리킨 방향을 쳐다봤다. 광장 한복판에서 한 여자가 뒤집어진 우산과 씨름하고 있었다. 주말 데이트용이거나 친구 결혼식용으로 보이는 정장 원피스 차림이었다. 어떻게 뒤집힌 우산을 다시 펴서 비는 피할 수 있게 되었지만 옷이 흠뻑 젖어 몸에 달라붙어버렸다. 사타구니 사이까지 몸의 곡선이 그대로 드러나고, 값이 꽤 나가는 걸로 아는 명품 핸드백에서도 빗물이 줄줄 흘렀다. 여자는 비바람을 가르며 자꾸 말려 올라가는 치맛자락을 한 손으로 잡아끌어 내리며 힘겹게 앞으로 나아갔다.

"건투를 빕니다. 살아서 다시 만납시다."

그가 경례라도 하듯 손날을 이마에 갖다 붙였다 떼며 웃었다. 참 잘 웃는 남자였다. 웃는 모습이 굉장히 잘 어울렸다.

"고맙습니다."

나는 만약의 사태에 대비해 책을 트레이닝복과 티셔츠 사이로 집어넣었다. 그 위에 입은 점퍼의 지퍼를 끝까지 올려 단단하게 무장했다.

폭우가 퍼부어대는 거리로 나섰다. 금방 운동화에 물이 들어와 양말까지 축축해졌다. 바지 밑단이며 종아리까지 빗물이 튀었다. 건물 모퉁이를 돌면서 돌아보니 남자가 아직 거기 그대로 서 있었다. 건물 안쪽의 어둠을 등에 지고서.

오피스텔까지는 그래도 무사히 돌아올 수 있었다. 원피스를 입은 여자와 같은 사태는 벌어지지 않았다. 책도 젖지 않았다. 우산이 마르도록 현관 앞에 펼쳐두고 다리만 대충 씻고 커피를 내렸다. 뜨거운 커피를 홀홀 불어 마시며 옷을 갈아입고 침대로 올라가 이불을 꼭꼭 여며 덮고 쿳시의 『추락』을 펼쳐 들었다.

주말 내내 비가 내렸다. 쉼 없이 내렸다.

엄마로부터는 다시 전화가 걸려오지 않았다. 엄마는 아직도 나와 히데오에 대한 이야기는 하고 싶지 않은 모양이었다. 이제 나는 괜찮은데, 이미 오래전부터 괜찮았는데.

일요일 밤에 잠자리에 들어 책을 읽다가 스탠드를 끄기 직전에 "소리도 없이, 아무도 모르게 조용히 시간이 흘러 싸늘하게 식어간다"라는 문장에 밑줄을 그었다. 요시모토 바나나의 『불륜과 남미』 중 한 구절이었다.

秘密, 秘密?

1

전철이 도와 시의 경계를 지날 무렵 재영으로부터 휴대폰 메시지가 들어왔다. 회사와 가까운 동교동 쪽 아파트에 살고 있는 재영은 이제 막 집에서 나왔을 것이다. 금요일 밤에는 잘 들어갔는지, 주말은 잘 보냈는지 하는 평범한 안부 문자였다.

참 일찍도 보내는구나, 하는 생각이 들어 피식 웃고 말았다. 확인만 하고 따로 답장은 하지 않았다.

홍대입구역에서 내려 회사까지 걸었다. 밤새 이어졌을 젊은 거리의 흔적들이 미처 치우지 못한 쓰레기들로 너저분했다. 회사 건물의 일이 층을 사용하고 있는 직영 매장도 아직 굳게 닫혀 있었다.

십이층 사무실에는 해외영업팀 차 대리가 먼저 나와 있었다. 준비실에서 커피를 가지고 나오다 나를 발견하고는 화들짝 놀라며 달려왔다.

"어머, 유 과장님, 큰일 났어요."

"왜?"

"이사님 벌써 나와 계세요."

"이사님이?"

"저보다도 먼저 나와 계시더라고요. 부장님이랑 차장님도 나오셨고요."

"무슨 일인데?"

"주말에 난리 났었는데, 진짜 모르고 계셨나 부다."

"주말에?"

금요일 오후에 우리 팀 신입이 중국 공장으로 보낸 제작 의뢰서에서 심각한 오타가 발견된 모양이었다. 수량에 0 하나가 더해져 5천 벌이 5만 벌이 될 뻔했다. 토요일 아침 현지에서 재단사가 원단을 자르기 직전에 발견하여 그쪽 직원이 내 휴대폰으로 여러 번 전화했다는데, 그 시간쯤엔 배터리도 방전되고 나도 방전되어 한참 어지러운 꿈속에서 헤매고 있을 때였다. 주말 주중 할 것 없이 현지 미싱사들이 총동원되어 목요일 저녁에는 한국으로 오는 배에 실어야 하는 물건이었다. 디자인실 장 실장도 전화를 받지 않고 영업팀과도 연락이 되지 않아,

현지 직원은 할 수 없이 공장과 한국을 오가며 관리하고 있는 이사님에게 직접 전화했다. 이사님은 주말에 회사로 나와 내가 올린 보고서에서 정확한 수량을 확인하여 알려줬다.

신입 사원 하나의 실수였지만 그것은 생산관리팀 전원의 실수이기도 했다. 중간 책임자인 나의 실수인 것은 말할 것도 없었다.

이사님 방에는 나 혼자 불려 들어갔다. 부장과 차장도 벌써 들어와 있었다.

호되게 꾸지람을 듣고 나오니 사고를 친 신입이 외투도 벗지 못한 채 핼쑥하게 질린 얼굴로 제 사수인 홍 대리 앞에 서 있었다. 나와 눈이 마주친 홍 대리의 얼굴도 핼쑥했다. 그들을 본체만체 지나쳐 준비실로 갔다. 종이컵에 커피를 따라 들고 옥상 공원으로 올라갔다.

차 대리와 하재영이 먼저 올라와 있었다. 차 대리가 손에 든 담배를 얼른 등 뒤로 감췄다. 재영이 슬그머니 그걸 받아 재떨이에 눌러 껐다. 재영이 차 대리에게 오전 중으로 보내야 하는 견적서는 어떻게 돼가느냐고 물었다. 방금 전의 행동과는 다르게 무척이나 사무적인 말투였다.

"아, 참. 내 정신 좀 봐. 얼른 작성해서 올릴게요."

차 대리는 서둘러 먼저 자리를 떴다. 회사의 이번 시즌 주력 상품으로 출시된 스웨터와 체크무늬 스커트가 참 잘 어울렸다. 뒤태도 예뻤다.

나는 커피를 마시며 주변의 낮은 건물들을 내려다봤다. 주말 내내 내린 비로 말끔하게 씻긴 서울 시내의 시계가 맑았다. 차량 정체가 해소되지 않은 동교동삼거리가 보이고 연희동성당 너머 연세대 캠퍼스가 저 멀리 보였다. 그 뒤를 인왕산과 북악산의 부드러운 능선이 감싸고 있었다.

"왜 메시지에 답이 없어?"

내 손에 들린 종이컵을 자연스럽게 가져가며 재영이 물었다. 딱히 대답을 바라거나 책망하는 투는 아니었다.

"경위서 쓰래?"

내가 마시던 것을 재영은 아무렇지도 않게 자기 입으로 가져갔다.

"아니, 그 정도까지는 아니고."

"다행이네. 하긴, 그 정도야 누가 봐도 알지. 한 번에 5만 장이라니. 말이 돼? 아직 시장 반응도 안 본 건데. 작업 스케줄이랑도 안 맞고, 선적 스케줄이랑도 안 맞고."

"그렇지. 그래도 원단은 충분히 확보되어 있는 상태였거든. 까딱했으면 정말 큰일 날뻔했어."

그가 도로 내미는 종이컵을 받아 나도 한 모금 들이켰다.

"그쪽 사무실에서는 수량 체크도 안 했대? 그러고 그냥 넘긴 거야?"

"얼핏 보고는 당연히 5천 장이라고 생각했대. 그쪽에서 따로 기재해둔 서류에는 그렇게 되어 있었던 모양이야. 현장에는 우리가 보낸 서류를 바로 복사해서 보낸 거고."

"일들을 어째 그렇게 하냐."

"다 내 불찰이지, 뭐."

"아무튼 다행이야. 그거 다 소진시키려면…… 아우 야, 끔찍하다. 우리 팀이나 국내 팀이나 한동안 죽어났겠다."

"그대로 그냥 진행할 걸 그랬지? 다들 좀 죽어나게."

"그 전에 네가 먼저 잘렸을걸."

우리는 마주 보고 웃었다.

"저기 있잖아."

재영이 쭈뼛거렸다.

"금요일 날······."

"아무 말도 하지 마."

"미안. 내가 미쳤었나 봐."

"나름 뭐 신선하긴 했어."

"아, 야 진짜, 나는 너무 좋았어."

재영이 큭큭거렸다.

"그래도 다시는 절대 안 돼. 너무 위험했어."

"그래, 그래야지. 진짜 미안. 술이 웬수다."

"그건 나도 마찬가지."

"갑자기 집에서 전화까지 오는 바람에······."

그 말은 안 하는 편이 나을 뻔했다. 좋아지려던 기분이 상해버렸다.

재영은 주위를 둘러보더니 얼른 내 입술에 가볍게 키스했다.

"야!"

재영이 장난꾸러기처럼 '뭐?' 하는 표정을 지어 보였다.

"천천히 내려와."

그리고 환하게 웃으며 손을 흔들고는 먼저 내려갔다.

하늘이 맑았다. 아침부터 신나게 깨지기는 했지만 남은 하루는 그리 나쁘지 않을 것 같았다. 이 쓸쓸한 충만감.

　재영을 탓할 수는 없었다. 사실 재영과 처음 자게 된 것도 내가 먼저 손을 내밀었기 때문이다. 이 년 전, 시카고에 있는 대형 마트로의 진출을 위해 재영이 동서분주하고 있을 무렵이었다. 그쪽 관계자가 생산 시설을 보고 싶다고 하여 중국 칭다오에 있는 공장으로 함께 갔다. 시카고 쪽 사람이 먼저 돌아가고 우리에게는 아직 일정이 남아 있었다. 그런데 내가 좀 아팠다. 열이 나고 오한이 심해서 이틀 동안 꼬박 호텔 방에서 움직이지 못했다. 재영이 내 몫까지 일정을 소화하고 저녁마다 죽과 약을 사 들고 내 방으로 왔다. 돌아오기 전날 내가 먼저 방으로 돌아가려는 재영을 잡았다. 옆에서 잠만 자려는 재영의 팔을 내가 먼저 끌어다 뺐다.

　나보다 두 살이 많지만 재영은 나와 입사 동기였다. 나란히 서서 상사에게 혼나고 나란히 옥상에 쭈그리고 앉아 한숨을 푹푹 내쉬었다. 서른을 넘기며 다섯 명의 동기 중 셋이 이직을 하고 그와 나만 남았다. 그가 연애하는 것을 옆에서 지켜봤고, 결혼식에 가서는 그의 신부와 사진을 찍고 뷔페를 먹고 뒤풀이에서 남자들이 그를 거꾸로 매다는 것을 거들기도 했다. 집들이

에도 가고 첫아이의 돌잔치에도 가고, 부부 싸움을 했을 때에
는 푸념을 듣고 진지하게 조언해주기도 했다. 그의 부인은 나
를 '이수 씨'라고 불렀고 그의 아이는 나를 '이모'라고 불렀다.
그런 그와 자게 된 것이었다.

　하루만, 딱 하루만이라고 생각했다. 나는 아프고, 나는 춥고
떨리고, 중국 비즈니스호텔의 난방 상태는 좋지 않았다. 그래
서 온기가 필요했을 뿐이라고, 누구라도 상관없었을 거라고.
그동안의 다른 남자들과 마찬가지로, 그는 잠시 재영이 아닌
그저 사람의 온기를 품은 '남자'였을 뿐이라고.

　하지만 한국으로 돌아와서도 나는 가끔 재영을 찾았다. 그리
고 재영도 나를 찾았다. 따로 설명이 필요 없고 잘 보이려고 노
력할 필요도 없는 사이였다. 이제 선호하는 섹스 스타일이나
패턴까지 서로 굉장히 잘 맞는다는 것을 확인했다. 점점 서로
를 찾는 횟수가 늘어났다. 함께 출장을 갈 때에는 함께 일을 처
리하고, 함께 밥을 먹고, 함께 술을 마시고 당연한 듯 같은 방을
썼다. 마치 부부 동반으로 함께 출장을 나온, 혹은 여행을 온 부
부 사업가처럼.

2

사무실로 내려오니 이미 소문이 다 퍼졌는지 다른 팀 직원들이 우리 쪽을 힐끔거렸다. 부장이 파티션 너머로 나와 눈이 마주치자 종주먹을 들이대는 시늉을 해 보였다. 내가 나온 뒤로도 이사님에게 꽤나 혼쭐이 난 모양이었다.

그의 자리로 가서 머리를 조아렸다.

"죄송합니다."

"잘하자, 응?"

"네."

우리 팀의 신입은 보이지 않고 홍 대리만 얼굴이 발개져 식식거리고 있었다. 내가 자리에 앉자 그가 내 쪽으로 왔다.

"죄송합니다. 제가 한 번 더 확인했어야 했는데."

홍 대리가 한숨을 푹 내쉬며 말했다.

나는 책상 밑에서 슬리퍼를 꺼내 신발부터 갈아 신었다. 오자마자 이사님 방으로 불려 들어가느라 대충 던져두었던 가방을 맨 아래 서랍에 집어넣고, 다시 일어나 외투를 벗어 옷걸이에 걸었다. 그러는 동안에도 홍 대리는 고개를 푹 숙인 채 뒷짐을 지고 계속 내 자리 옆에 서 있었다.

"그런 걸 어떻게 건건마다 일일이 확인하겠어."

의자를 당겨 앉으며 그제야 말했다.

"하지만 실수는 하지 않도록 평소 교육은 잘 시켰어야겠지?"

"죄송합니다."

"공장 돌아갈 때는 주말에도 연락망 열어놔야 하는데, 나도 좀 느슨해진 감이 없잖아 있고. 아무튼, 다신 이런 실수 하지 말자고."

"네, 다시는 이런 일 없도록 하겠습니다."

"그래, 일하자. 이번 주도 정신 바짝 차려야 하는 거 알지?"

"네, 알고 있습니다."

"지난주에 샘플 넘어온 BW376 원단은 확보됐어?"

"아, 그건 벌써 땡처리하려고 포천 창고 쪽으로 넘긴 물건이랍니다. 그쪽 물량은 다 확보해놨는데, 공장에서는 이미 라인에서 빠진 물건이라 다시 들어가려면 단가를 좀 올려야 한다고."

"그래서?"

"협의 중입니다. 지금 들어가 있는 게 삼 일 뒤면 빠진다니까, 바로 다시 거는 걸로 해서."

"그럼 일단 확보된 것부터 먼저 시작해도 되나? 상태는 어때? 새로 거는 거랑 차이 나지 않을까?"

"별 차이 없을 거 같습니다. 의외로 금방 빠진 물건이라."

"그래도 원단 가져가서 디자인실에 물어봐. 그쪽은 원사 충분히 확보되어 있는지 다시 한 번 확인해보고."

"네, 알겠습니다."

"이 친구는 어디 갔어?"

"신입 말씀이시죠?"

"응."

"창신동 보냈습니다. 그쪽 진행 상황 좀 보고 오라고."

"성질 많이 죽었네? 난 또 집으로 보내버렸나 했지."

"아, 이젠 저도 안 그럽니다."

홍 대리가 정색을 하며 말했다. 이내 뒷머리를 긁적이며 슬금슬금 웃었다.

"내가 또 데리러 가야 하나 고민 중이었어."

다소 기분이 풀어진 홍 대리가 자리로 돌아가고, 나는 컴퓨터 전원 버튼을 눌러 켰다. 부팅이 되는 동안 주말까지는 나와야 하는 제품과 물량들을 점검했다.

홍 대리가 정리해서 사내 메신저로 올린 서류들을 검토하고, 영업팀으로부터 클레임이 들어왔던 지퍼 문제를 해결하기 위해 디자인실 장 실장과 면담했다. 안감에 지퍼가 자꾸 물리는 모양인데 바느질로 해결할 수 있는 문제가 아니었다. 원체 얇은 원단 자체의 특성 때문인데, 확보해놓은 원단을 바꿀 수 없으니 안감과 겉감이 물리는 부분의 디자인을 수정하고 지퍼도 바꿔 달아야 할 것 같았다.

잔뜩 주눅이 든 신입과 홍 대리와 점심으로 부대찌개를 먹고, 커피를 마시며 잡담도 아니고 정식 회의도 아닌 얘기들을 나누다 들어와 오후 내내 일했다. 가벼운 당분이 필요하다 싶을 때쯤 외근 나갔다 들어온 재영이 책상 위에 초콜릿을 놓고 갔다. 어젯밤 늦게 잔 데다 아침부터 바짝 긴장했더니 피곤했지만 오히려 이런 날은 더 쉽게 잠들지 못할 것이다. 차라리 술이라도 마시고 들어가 아무 생각 없이 쓰러져 자는 게 나았다.

정각 여섯시에 이사님이 방에서 나왔고, 부서장들이 팀원들의 퇴근을 독려하며 그 뒤를 따랐다. 김 과장은 선약이 있었고, 장 실장은 아이가 열 감기에 걸려 며칠째 어린이집에도 못 보내고 있었다. 친정어머니가 봐주고 있는데 짜증이 이만저만이 아니라고 푸념하는 장 실장에게서도 짜증과 한숨이 잔뜩 묻어 났다.

사원들이 하나둘씩 사무실을 빠져나갔다. 홍 대리와 신입은 밖에서 일을 보고 늦어져 그쪽에서 바로 퇴근할 예정이었다.

아직 재영이 자리에 있는 게 보여 사내 메신저를 띄웠다.

〈바쁜가 봐?〉

재영이 읽었다는 표시가 좀처럼 뜨지 않았다.

고개만 슬쩍 들어 몇 개의 파티션 너머 저쪽의 그를 넘겨다봤다. 금방까지 컴퓨터를 들여다보고 있던 그가 어느새 의자를 반쯤 돌리고 앉아 누군가와 통화하고 있었다. 그 옆에서 차 대리가 심각한 표정으로 그를 쳐다보며 통화 내용을 듣고 있었다.

금세 창밖이 어두워지고 아직 퇴근하지 못한 몇몇의 자리에만 불이 밝혀졌다. 재영은 계속 통화 중이었다. 차 대리가 자기 자리로 가더니 서류를 들고 와 그의 눈높이에 맞춰 들고 볼펜으로 어느 부분인가를 톡톡 쳤다. 입 모양만으로 뭐라 뭐라 하기도 했다. 재영은 전화기를 귀에 댄 채로 차 대리의 입 모양을 쳐다보며 알아들었다는 표시로 고개를 끄덕였다. 엄지와 검지로 동그라미를 만들어 오케이 사인을 보내기도 했다.

나는 메신저를 닫고 컴퓨터를 껐다. 책상을 정리하고 신발을 갈아 신고 가방을 꺼내놓고, 자리에서 일어나 외투를 걸쳐 입었다. 유리창에 비치는 내 모습을 힐끔 한번 쳐다보고 사무실을 나섰다.

세 대의 엘리베이터가 모두 내려가는 중이었다. 지금이라도 메신저를 읽고 재영이 쫓아 나오지 않기를 바랐다. 차 대리 앞에서 그가 메신저를 확인하지 않았기를 바랐다. 왜 메신저에는 발신 취소 기능이 없을까.

비상계단 쪽으로 걸음을 옮겼다. 재영에게든 차 대리에게든, 엘리베이터 앞에 혼자 서 있는 모습을 들키기 싫었다.

재영은 지금까지 거의 남자 동료들하고만 일했다. 출장이 잦은 일의 특성 때문인지 여자 사원들은 오래 버티지 못했다. 결혼이라도 하게 되면 부서를 옮기거나 그만뒀다. 같이 일하는 동료나 팀원이 바뀔 때마다 재영은 겨우 일 좀 할 만하니까 그만둔다고 푸념했다.

그때마다 나는 그를 위로했다. 서로 다른 부서에서 근무했지만 서로의 일에 대해 잘 알았고, 업무적으로 협조해야 하는 일도 많았다. 가끔은 단기적으로 한 팀이 되어 일하기도 했다. 동반 출장도 잦았다. 사적인 일뿐 아니라 업무적 고민에 대해서도 그의 의논 상대는 늘 나였다. 그런데 그 자리가 시나브로 차 대리에게로 넘어가고 있었다.

차 대리는 지난봄 경력 사원으로 입사했다. 경쟁 업체에서 스카우트되어 왔다는 둥, 유학을 마치고 바로 낙하산을 타고 내려온 건데 누구의 줄인지 모른다는 둥 말이 많았다. 알고 보니 유명 디자이너 밑에서 공부하고 현장에서 근무한 경력도 있었다. 우리 회사에는 영업 파트로 입사 원서를 내고 정식으로 면접까지 봤다는데, 디자인을 아는 영업 사원이라는 것이 메리트로 작용하여 이사님이 적극 추천을 한 모양이었다.

한군데 박혀 있어야 하는 디자인실이 자신에게는 맞지 않다는 것을 나중에야 깨달았다고, 스스로 말하고 다녔던 것처럼 우리가 보기에도 차 대리는 디자인실보다는 영업에 더 적합한 사람이었다. 지난주에 성사된 말레이시아로의 진출 건도 그녀의 공이 컸다. 지난 금요일 밤의 회식에서도 재영은 그 사실을 거듭 강조하며 그녀를 치켜세웠다.

나와 단둘이 있을 때에도 재영은 늘 그녀에 대해 말했다. 칭찬이 끊이지 않았다. 맡긴 일을 허점 없이 처리하고, 자신이 미처 생각하지 못한 문제까지 우회적으로 점검해주어 놀랄 때도 있다고 했다. 기대도 되고 의지도 많이 된다고 했다.

앞으로도 계속 일로써 맺어진 그 단단한 매듭은 점점 더 견고해지고, 내가 끼어들 수 있는 틈은 점점 더 줄어들겠지.

십층에서 구층으로 내려가는 계단 모퉁이를 막 돌았을 때 전화벨이 울렸다. 재영으로부터 온 전화였다. 계단으로 내려와서 숨이 가빠져 있었다. 잠시 호흡을 고르는 동안 벨소리가 끊겼다. 금세 문자메시지가 들어왔다.

〈메시지 이제 봤네. 왜?〉

뭐라 답을 해야 하나 망설였다. 왜 퇴근하지 않는지, 무슨 문제가 있는지 물어보려 했다고 할까. 같이 술 한잔 마셔줄 친구가 필요했다고 솔직하게 말할까.

〈어디까지 갔어?〉

연이어 들어온 메시지에 용기를 냈다.

〈술이나 한잔할까 하고. 간단하게〉

얼른 보내기 버튼을 눌렀다. 그가 차 대리와 또 무언가를 자축하며 저녁 약속을 잡기 전에.

〈아, 어쩌냐. 오늘 일찍 들어가야 돼.〉

실망스럽고 당황스러웠다. 그럼 어디까지 갔느냐고는 왜 물어봤단 말인가.

〈그래, 알았다. 혼자 마시지 뭐, 외롭게.〉

다분히 장난기가 담긴 멘트로 보이기를 바랐다. 평소처럼, 내 음성이 지원되며 밝은 목소리로 들리기를 바랐다. 그에게서 금방 '미안, 미안' 하는 시늉의 이모티콘이 왔다.

〈근데 진짜 어디야? 금방까지 있는 거 같았는데.〉

나는 얼떨결에 벌써 전철역까지 나왔다고 했다. 그가 그럼 내일 보자면서 바이바이, 하는 이모티콘을 보냈다. 나도 비슷한 이모티콘을 보냈다.

계단을 통해 일층까지 걸어 내려왔다. 다리가 아파서 중간에 엘리베이터를 탈까 생각했지만 위에서부터 내려오는 재영이나 차 대리와 마주칠 수 있었다. 얼떨결에 거짓말은 왜 해가지고 이 고생인지, 슬그머니 짜증이 났다.

일층 비상구에서 문을 열고 막 나가려는데 맞은편 엘리베이터가 열리며 재영과 함께 차 대리가 내렸다. 얼른 비상구 안쪽으로 몸을 숨겼다.

"저녁은 먹고 가야지. 뭐 먹고 싶어?"

재영의 목소리였다.

"일찍 가셔야 한다면서요?"

"응, 그래도 저녁 먹을 시간은 돼."

"장모님이 와 계신다고요?"

"응, 지난주부터. 그래서 금요일 날도 잔소리 좀 들었네."

그들의 목소리가 차츰 멀어졌다.

나는 천천히 비상구에서 나왔다. 재영과 차 대리가 출입문 쪽으로 걸어가고 있었다. 재영이 무슨 말을 하는지 차 대리가 재영의 어깨를 치며 웃었다. 차 대리가 먼저 나가고 재영이 그 뒤를 따라 출입문 밖으로 사라졌다.

월요일인데도 거리는 벌써 젊고 어린 열기로 술렁이고 있었다. 팬시 전문점의 환한 불빛 앞에서는 여고생들이 모여 서서 쇼윈도를 들여다보고, 통기타 하나로 버스킹하는 청년의 목소리가 건너편 작은 공원으로부터 흘러나왔다. 숯불을 내놓고 고기를 굽는 음식점 앞의 연기와 냄새가 주변을 떠돌다 흩어졌다. 횡단보도의 불이 켜지고 길을 건너는 한 무리의 인파에 묻혀 걸어가는 재영과 차 대리의 뒷모습이 보였다. 우회전하는 차가 차 대리 옆으로 바짝 붙어 서자 재영이 재빨리 차 대리의 팔꿈치를 잡아 자기 쪽으로 당겼다. 그리고 자연스럽게 차 대리의 등 뒤로 돌아 자리를 바꿔 걸었다.

나는 전철역이 있는 방향으로 천천히 걸음을 옮겼다.

3

오피스텔 일층에 있는 편의점에서 도시락을 사려고 보니 매진이었다. 요기가 될 만한 것은 삼각김밥뿐이었는데 딱히 입맛에 당기는 게 없었다. 하루 종일 진열대에서 망설이는 사람들의 손을 탔을 샌드위치는 사고 싶지 않았다. 양상추는 소스에 푹 절여지고 햄과 치즈도 조금씩 그 형체가 뭉개지고 있을 것이다.

맥주 두 캔과 바나나 한 송이를 집어 들었다. 계산대에는 지난주와 다른 얼굴이 서 있었다. 주중 아르바이트생이 또 바뀐 모양이었다.

엘리베이터에도, 이십삼층 복도에도 사람이 없었다. 텅 빈 채 또각또각 내 구둣발 소리와 사각사각 비닐봉지 소리만이 내 뒤를 따라왔다.

현관 앞에서 디지털 도어락의 키판을 열고 번호를 누르려다 순간 당황했다. 비밀번호가 생각나지 않았다. 키판 가까이 손가락을 댄 채로 집중해봤지만 도무지 떠오르지 않았다. 필름이 끊기도록 술에 취해서도 손가락이 기억하는 리듬과 감각에 맡겨놓으면 문은 저절로 열렸다. 그런데 이제 몸의 리듬과 감각이 깨지고 의식마저 딱딱하게 굳어버린 것 같았다. 재영은 알 텐데, 재영에게 전화해서 물어보면 쉽게 해결될 일인데.

가방을 뒤졌다. 보조 칩을 찾아 키판 아래에 달린 센서에 대고 문을 열었다.

티브이를 틀어놓은 채 혼자 맥주를 마셨다. 냉장고 한쪽에서 발견한 브리치즈와 바나나로 저녁을 대신했다. 집 안의 불을 모두 끄고 소파에 길게 누워 담요를 덮고 주말에 보다 만 미드를 이어서 두 편이나 봤다. 보다가 까무룩 잠이 들기를 바랐지만, 잠도 오지 않고 전편들에 비해 두 편의 에피소드가 모두 지루했다. 영화나 한 편 볼까 하고 유료 콘텐츠를 뒤졌지만 마땅히 보고 싶은 게 없었다. 정규 방송들은 더구나 볼만한 게 있을 리 없었다. 이리저리 채널을 바꾸다 토요일에 봤던 여행 프로그램이 생각났다.

스마트폰으로 인터넷 브라우저를 열었다. 검색을 해볼 요량이었는데 검색어를 뭐라 입력하면 좋을지 딱히 떠오르지 않았다. 어느 채널이었는지, 프로그램명이 뭐였는지는 처음부터 몰랐다. 그때 자막으로 읽고 떠올렸던 수목원 이름도 벌써 다 잊어버렸다.

'토요일에 방영한 여행 프로그램'이라고 검색해봤다. 검색이 될 리 없었다. '일본 수목원'이라고 다시 검색해봤다. 몇 개의 사이트와 몇 개의 블로그 글이 떴다. 지식인에 올라와 있는 질문과 답변과 전문 정보도 있었다. 위에서부터 하나씩 열어 읽어봤지만 모두 내가 원하는 정보와는 거리가 멀었다. 세 번째 페이지쯤에서 포기하고 '도쿄에서 오사카로 가는 길목에 있는 수목원'이라고 치고 찾기를 눌렀다. 말도 안 되는 키워드였다.

슬금슬금 잠이 오는 듯하여 티브이를 껐다. 블라인드를 끝까지 내리고 잠자리에 들었다. 아직 열시도 되지 않은 시각이었다. 몸은 나른한데 쉽게 잠이 들지 못했다. 상념과 상념이 꼬리에 꼬리를 물고 지나갔다.

재영은 차 대리와 저녁을 먹었을까. 어디에서 무엇을 먹었을까. 그러고 나서 바로 집으로 갔을까. 그와 차 대리가 함께 나란히 걸어가고 있는 거리가 보였다. 그와 차 대리가 함께 밥을 먹고 있는 식당이 보였다. 그와 차 대리가 함께 들어서는 호텔 방이 보였다. 그와 차 대리가 함께…… 내가 지금 무슨 상상을 하고 있는가.

히데오와 함께 갔던 수목원은 어디쯤에 있었던 걸까. 오사카 성을 보러 갔던 여행길에 들렀다고 생각했는데, 어쩌면 다른 때의 다른 곳이었는지도 모르겠다. 히데오는 식물을 무척이나 좋아했다. 특히나 나무를 좋아했다. 우리는 여행을 할 때마다 근처의 수목원이나 식물원을 될 수 있는 대로 꼭 찾아 들르곤 했다. 그는 그곳의 꽃과 나무와 풍경을 쉴 새 없이 뷰파인더로 들여다봤다. 나중에 인화한 사진 속에는 한 그루의 나무처럼 내가 들어 있기도 했다.

사랑하는 사람이 생겼어. 히데오의 마지막 목소리가 들리는 듯했다. 바다 건너 저 먼 곳으로부터 전파를 타고 들려오던 그의 목소리. 그 목소리가 재영의 목소리로 바뀌어 있었다. 사랑하는 사람이 생겼어. 하지만 재영은 한 번도 내게 사랑한다고 말하지 않았다. 나 역시 그에게 그런 말을 한 적이 없다. 사랑? 사랑이라고 말할 수 있을까, 이런 것도?

어느 결에 잠이 들었는가 싶었는데 오줌이 마려워서 깼다. 맥주를 두 캔이나 마신 탓이었다. 화장실에 다녀오면 완전히 깨버릴 것 같아 그대로 잠을 청하는데, 방광이 점점 차오르며 정신이 또렷해졌다.

하는 수 없이 화장실에 다녀왔다. 그새 온기가 식어버린 이불 속으로 기어들었다. 이불을 뒤집어쓰고 최대한 평상심을 유지하기 위해 집중했다. 한번 깬 잠이 다시 와줄 리 없었다.

침대 옆 스탠드를 켰다. 열한시가 막 넘어가고 있었다.

주방을 뒤졌다. 먹다 남은 와인이나 양주 한 병 없었다. 잠옷 위에 코트만 걸쳐 입고 지갑을 챙겼다. 일층에 있는 편의점까지만 다녀올 생각이었다. 술이 더 필요했다. 신발을 신다 현관 옆에 세워둔 우산을 발견했다. 라멘 가게 사장이 빌려준 것이었다. 아직 문을 열었을까.

옷을 갈아입었다. 휴대폰도 챙겼다. 운동화를 꺼내 신고 우산을 집어 들고 집을 나섰다.

가게의 간판 불이 꺼져 있었다. 그래도 혹시나 하고 엘리베이터를 타고 삼층으로 올라갔다. 클로즈 시각이 열한시로 되어 있었지만 출입문 앞에는 불이 켜져 있었다. 격자무늬 나무 문을 슬그머니 밀어봤다. 문이 열리며 딸랑, 하고 종소리가 났다.

입구 쪽 불이 모두 꺼져 어둡고 주방과 그 너머 창가 쪽 홀도 반만 불이 켜져 있었다. 안쪽 홀에서 젊은 청년이 얼굴만 쑥 내밀었다.

"아, 죄송합니다. 영업이 끝나서요."

"아니, 그게 아니라, 여기 우산 때문에요."

청년의 등 뒤로부터 사장의 얼굴이 나타났다.

"아, 어서 오세요."

그가 얼른 주방 앞의 바와 테이블 사이의 통로를 지나 카운터 앞으로 나왔다. 일본식 윗옷과 앞치마도 벗고, 청바지에 흰 스웨터 차림이었다.

"안 갖다 주셔도 되는데."

"아니요, 고마웠어요. 정말 잘 썼어요. 덕분에 비도 전혀 안 맞고."

"다행이네요. 바람도 굉장했었죠?"

"네, 근데 제가 갈 때는 좀 잠잠하더라고요."

집을 나설 때는 아직 영업을 한다면 맥주나 두어 병 마시고 들어갈 생각이었다. 교자에 뜨거운 국물이 있다면 더 좋겠지만 없어도 상관없었다. 그런데 영업이 끝났다니.

우산을 건네주고도 나는 머뭇거렸다. 남자가 그런 나를 한 번 쳐다보고 내가 바라다보고 있는 안쪽을 쳐다봤다.

"사케 한잔 하고 가실래요?" 남자가 물었다.

"영업 끝내신 거 아니에요?"

"지금 막 마감하고 저 녀석이랑 밤참 겸 한잔하던 중입니다. 괜찮으시면 같이하시죠."

"그래도 될까요?" 염치 불고하고 내가 되물었다.

안쪽에서 청년이 다시 얼굴을 내밀었다.

"이쪽으로 오세요. 마침 둘뿐이라 심심했는데."

남자가 그것 보라는 듯 어깨를 으쓱해 보였다.

두 사람은 창가 쪽 자리에서 차돌박이숙주볶음을 안주 삼아 따뜻하게 데운 청주를 마시고 있었다. 청년이 주방으로 들어가 내 몫의 잔과 젓가락, 개인 접시 등을 가져왔다. 쓰케모노도 내 몫으로 한 종지를 따로 챙겨 왔다.

"청주 괜찮으시죠?"

내가 머뭇거리자 그가 이어 말했다.

"홋카이도산이에요."

나는 내 생각을 들킨 것 같아 얼굴이 화끈거렸다.

"이해합니다. 특히 술은 그 지방의 물이니까요. 저희 집은 동부 쪽에서 나는 재료는 전혀 안 쓰고, 저 역시 안 먹습니다."

나는 얼른 잔을 들어 남자에게서 술을 받았다.

"손님들도 많이 물어봅니다. 원산지가 어디냐고."

"그래도 요즘은 좀 괜찮아지지 않았나요?"

"전보다는 그래도 낫죠. 한동안은 가게 문을 닫아야 하나 심각하게 고민까지 할 정도였으니까요. 예전만큼은 아니지만 그래도 많이 회복이 됐네요."

"죄송해요, 이런 질문."

"아니요, 저 역시 신경 쓰이기는 마찬가진데요, 뭐. 집이 근처라고 하셨죠?"

나는 내가 사는 오피스텔의 이름을 댔다. 그는 그 빌딩이 어디쯤에 있는지 알고 있었다. 이층에 있는 한식 뷔페가 괜찮아 가끔 간다면서 나에게도 가보았느냐고 물었다. 휴일이나 저녁은 거의 거기서 해결한다고 말했다. 우리는 그곳의 메뉴에 대해 서로 알은체를 했다. 직장에 다니느냐고 물어서 그렇다고 했다. 어떤 회사냐고 물어서 회사 이름을 댔다. 여성 옷 중심의 중저가 브랜드인 우리 회사를 알지 못할 게 뻔한 남자에게 그러한 회사라고 설명을 덧붙였다. 그러는 동안 한 병의 술이 비워져 다음 병은 내가 내겠다고 했다. 그가 그러지 않아도 된다고 하는데도 내가 고집을 부려 그렇게 하기로 했다.

술은 청년이 데워가지고 왔다. 청년의 이름은 지용이었고, 남자의 조카였다. 가게에서 아르바이트하며 틈틈이 요리를 배우고 있었다. 직접 일본으로 가서 일식 요리를 배우고 싶은데, 어머니가 극구 반대하여 아직 못 가고 있다고 했다.

"사실, 저희 엄마도 아직 사이타마에 계세요."

"아, 그러세요? 사이타마 어디요?"

엄마에 대한 이야기를 꺼낸 것은 일본산 청주를 앞에 놓고 머뭇거린 게 미안했기 때문이다. 나에게는 아직 그곳에 가족이 있다고, 그러니 내가 그런 것쯤 상관할 리 있겠느냐고. 뒤늦게라도 그런 식으로 들리길 바랐다.

우리는 주거니 받거니 서로 알고 있는 일본에 대해 이야기했다. 사마타마에 있는 엄마의 가게에 지용이 관심을 보였다. 도쿄로부터 얼마나 떨어져 있는지, 주변의 집세는 얼마나 하는지, 그곳의 생활 여건과 지리적 풍광에 대해 물어서 기억나는

대로 대답해줬다. 가게의 메뉴에 대해서는, 나도 아직 가보지
않아 잘 모르겠지만 아마도 한식 위주일 것이라고 대답했다.

사장은 오사카에서 가까운 고베 시에서 살았다고 했다. 고베
시라면 1995년 한신 대지진 때 도시의 대부분이 파괴되고 수만
명의 사상자가 발생한 곳이었다. 나는 그렇게만 알고 있었다.
그것도 내가 일본으로 건너가기 삼 년 전에 일어난 일이었다.

시간상으로도 공간상으로도, 그와 내가 경험한 일본에 대해
서는 그래서 접점이 별로 없었다.

전철이 끊기는 시간이 되어 지용이 먼저 일어서고, 우리는
몇 병의 청주를 더 데워 마셨다. 아예 휴대용 버너와 무쇠 주전
자를 테이블로 가져와 데워가며 마셨다.

4

그가 취했는지 고개를 주억거리며, "근데 여기 사장이 빈 가
게에서 혼자 술 마시고 있더란 얘긴, 비밀이에요"라고 말했다.
나는 더 취해 있었다.

"네?"

그가 또 한쪽 눈을 찡긋해 보이며 웃었다.

"비밀! 다른 사람들한테는."

히데오의 목소리가 다시 들려왔다.

히미츠(ひみつ, 秘密).

히미츠?

그때 혹시 나는 히데오의 표정을 흉내 내고 있었던 것은 아닐까. 취한 와중에도 문득 그런 생각이 들었다.

그렇게 눈을 찡긋하고 웃으며 "비밀"이라고 말하는 히데오에게 내가 "비밀?"이라고 되물으며 흉내를 냈던 것은 아닐까. 그런 내 모습을 그가 재빨리 사진으로 찍었던 것인지도. 왠지 꼭 그랬을 것 같았다. 그래서 사진 속 내 모습과 내 앞에 서 있었을 그의 실루엣이 자꾸만 겹쳐 보이는지도.

"사실, 제가 고베 대지진 때 그곳에 있었어요."

그 말이 미처 무슨 뜻인지 깨닫기도 전에 그가 벌떡 일어섰다. 앉았던 의자가 와당탕 뒤로 넘어갔다.

"오늘은 끝. 그만 마셔야겠어요. 이러다 실수하겠네."

그는 얼른 의자를 바로 세워놓고 쟁반을 가져왔다. 비틀거리며 꼼꼼하게 테이블을 정리했다. 나도 돕겠다고 나섰다가 술병 하나를 손으로 쳐서 깨뜨렸다. 그가 놀라며 다치지 않았느냐고 물어서 나는 괜찮다고 미안하다고 거듭 사과했다. 깨진 병의 뒤처리는 극구 고집을 부려 내가 했다.

그가 주방에서 몸을 앞뒤로 흔들며 그릇을 씻는 동안 나는 바에 앉아 그를 쳐다보며 주절거렸다.

"그때 사람 많이 죽고 다쳤다던데, 아저씨는 괜찮았어요?"

나는 술에 취해 어느새 그를 아저씨라고 부르고 있었다.

"비밀." 그가 또 말했다.

"친구들은? 친구들은 없었어요?"

"비밀."

"에이, 대답이 뭐 그래."

두 손으로 얼굴을 괴고 주절거리다가 손등에 이마를 대고 엎드렸다. 그가 있는 쪽에서 물소리며 그릇 부딪치는 소리가 넘어왔다.

"사랑하는 사람이 있었구나? 그래서 말하기 싫은 거죠?"

엎드린 채 나는 계속 주절거렸다.

"나도 알아요. 아픔 없는 사람이 어디 있겠어. 첫사랑의 아픔."

"……."

취기가 점점 더 올라왔다. 취할수록 물소리며 그릇 부딪치는 소리가 귓가에서 멀어지고 히데오의 목소리가 바로 옆에서 말하는 듯 또렷해졌다. 장난스러우면서도 짧고 단호한 그 발음과 억양까지. 하지만 표정까지는 역시나 생각나지 않았다. 그래서 조금 슬펐다.

히미츠.

히미츠?

자꾸만 귓가에서 맴맴 돌았다. 그 사진을 찍기 직전 히데오가 내게 정말 그 말을 했을까?

고등학교 이학년 때부터 한국으로 돌아오기 직전까지 삼 년 동안 만났다. 바로 옆집에 살아서 거의 매일 만나다시피 했다. 한국으로 돌아와서도 이 년 동안 전화 통화를 했고, 한 번은 그가 한국으로 온 적도 있었다. 꼭 그때가 아니었어도 언젠가 한 번쯤은 했을 수도 있는 말이었다.

히데오를 처음 만난 곳도 역 앞의 라멘 가게였다.

아침마다 교복 차림으로 라멘 가게에 들어서면 그는 언제나 열리지 않는 출입문 쪽 스탠딩 테이블에서 나무로 짠 격자무늬 창을 통해 밖을 내다보며 아침을 먹고 있었다. 그가 먼저 식사를 마치고 나가고, 내가 나중에 승강장으로 올라가면 그는 맞은편 승강장에서 열차를 기다리고 있었다.

항상 그가 타야 할 열차가 먼저 도착했다. 그를 태운 열차가 승강장을 벗어나 올곧게 뻗은 선로를 따라가다 부드럽게 곡선을 그리며 모퉁이를 돌 때쯤, 그쪽으로부터 내가 타야 할 열차가 나타났다. 그를 태운 열차와 스쳐 지나 내가 타야 할 열차가 승강장으로 들어서면 그를 태운 열차는 긴 꼬리를 완전히 감춰 사라지고, 내가 타야 할 열차를 타고 나는 아직 말도 잘 통하지 않고 친구도 없는 오미야의 학교로 향했다. 그러는 동안 비가 내리고 비가 내리고 또 비가 내렸다. 그곳은 겨울에도 눈이 잘 내리지 않았다.

오후에는 단 한 번도 마주치지 못했다. 학교에서 돌아와 사복으로 갈아입고, 출근하는 엄마와 엄마의 단골들과 엄마의 가게 근처에서 고급 초밥을, 복요리를, 대게 코스 요리를 먹고 혹은 전철역 건너편의 회전초밥집에서 혼자 이른 저녁을 먹고 외국인을 위한 일본어 학원으로 따로 공부하러 갔다. 입술을 풀고 あいうえお(아이우에오), かきくけこ(카키쿠케코), 아무리 연습해도 つ(쓰) 발음은 잘되지 않았다.

학원에 다녀오던 어느 날 밤 누군가가 역에서부터 따라왔다. 큰길가 상점들의 불빛이 꺼지고 어두운 골목으로 들어섰는데도 뒤에서 일정하게 따라오는 발자국 소리가 방향을 바꾸지 않았다.

아직 네온이 밝을 엄마의 가게로 가지 않은 것을 후회하며 초조하게 걸음을 재촉했다. 공원 입구의 가로등 밑에서 용기를 내어 슬쩍 돌아보니 운동화며 바지며 다리의 실루엣이 눈에 익었다.

"어, 너도 이쪽에 살아?"

그도 나를 알고 있었다. 사복을 입고 있어 알아보지 못했다고, 놀라게 했다면 미안하다고 사과했다. 나는 이제 그 정도의 일본어는 알아들을 수 있었다.

그는 내가 사는 맨션 바로 옆의 목조 주택에 살고 있었다. 불 켜진 이층의 창문 밑을 지나다니며 항상 어떤 가족이 어떤 모습으로 살아가고 있을까 동경을 담아 힐끔힐끔 쳐다보던 집이었다. 너무 기뻤지만 나는 고개만 끄덕였다. 아마도 아직 서툰 나의 발음이 신경 쓰였을 것이다.

우리는 집 앞까지 나머지 길을 함께 걸었다. 그는 도쿄에 있는 대학교에 다니고 있고, 사진학과이고, 아버지와 단둘이 살고 있으며, 그래서 아침마다 혼자 밥을 해결하고 학교에 가야 했다. 그 정도의 일본어도 이제는 다 알아들었다.

하지만 나는 한국인이고 아직 고등학생이고, 엄마와 함께 살고 있으며 엄마는 가라오케를 운영하고 있고, 매일 새벽에 들어오기 때문에 늦게까지 자야 하고, 그래서 나 역시 아침마다 혼자 밥을 해결하고 학교에 간다는 말은 하지 못했다. 그저 그가 하는 말을 들으며 고개를 끄덕이다가 내가 사는 맨션 앞에서 내가 사는 층을 손가락으로 가리켜 보였다. 그가 "삼층? 사층?" 하고 물어서 손가락 세 개만 펼쳐 보였다.

다음 날 아침 학교에 가기 위해 집을 나서는데 그가 집 앞에 서 있었다.

"아침밥을 같이 먹을 수 있는 친구가 생겼지?"

그런데 무엇이 비밀이었을까. 언제 어떤 상황에서 한 말이었을까. 저 아저씨처럼 다른 사람에게는 비밀이라는 뜻이었을까? 아님, 내게도 말해줄 수 없는 비밀이 있다는 뜻이었을까?

어지러운 꿈을 꾸다 잠을 깼다. 자다 깬 곳이 어디인지 잠시 헷갈렸다.

퍼뜩 정신이 들어 얼른 일어나 앉았다. 아침 일곱시 이십삼 분. 출근 준비를 해야 하는 시각을 넘겼다. 서둘러 욕실로 달려 가 칫솔에 치약을 묻혔다. 양치질을 하다가 지난밤 라멘 가게 사장이 오피스텔 앞까지 바래다줬던 일이 생각났다. 그가 설거 지를 하는 동안 내가 바에 엎드려 주절거린 말들도.

"친구들은? 친구들은 없었어요?"

"비밀."

"에이, 대답이 뭐 그래."

그리고 그쪽으로부터 넘어오던 물소리와 그릇 부딪치는 소리.

"사랑하는 사람이 있었구나? 그래서 말하기 싫은 거죠?"

"……."

"나도 알아요. 아픔 없는 사람이 어디 있겠어. 첫사랑의 아 픔."

내가 무슨 말을 했던 건가, 무슨 짓을 한 건가. 한신 대지진

때 고베에 있었다는 사람에게. 아무리 취했다지만 그의 완강한 침묵의 뜻을 왜 그때는 알아채지 못했을까.

후쿠시마 원전 사고를 일으킨 동일본 대지진이 일어나기 전까지 일본의 관측 사상 최대의 파괴력을 지닌 지진이었다. 무역항의 도시인 고베 시 전체를 완전히 파괴시키고 100킬로미터 이상 떨어진 오사카와 교토에까지 피해를 입혔다. 수천 명에 달하는 사망자와 수만 명에 달하는 부상자, 수십만 명의 이재민이 발생했다. 그때 고베에 있었다면 그가 아는 사람들 중 한둘이 피해를 입은 게 아닐 것이다. 본인이 죽을 고비를 넘겼을 수도 있었다. 그의 몸 어딘가에는 아직도 그때의 상흔이 고스란히 남아 있는지도 모를 일이다.

나는 머리를 북북 문질러 감으며 한숨을 쉬고 또 쉬었다. 이제 그 집에 다시는 가지 못하겠구나. 그래도 한 번쯤은 가서 사과라도 해야 하지 않을까. 그런데 뭐라고 사과를 해야 하지? 취해서 얼떨결에 말해놓고 뒤늦게 침묵하던 사람에게 그 이야기를 다시 꺼내도 될까.

어제 내가 했던 말들을 복기시켜봤다. 나 역시 그 시절에 대해 이야기했다. 나의 고등학교 때와 엄마에 대해. 그리고 고등학교 이학년 때에야 엄마에게 간 것을 설명하기 위해 아버지에 대해서도. 잘 알지도 못하는 사람에게 쓸데없이 참 많이도 주절거렸다. 그러나 어쩌면 그래서였는지도 몰랐다. 잘 알지 못하기 때문에, 더 쉽게 말할 수 있었는지도.

그의 얼굴이 떠올랐다. 웃는 모습이 잘 어울린다는 생각이 몇 번이나 들게 하던 그 얼굴이 벌써 익숙했다. 편안하게 나의 이야기를 하고 상대의 이야기를 들을 수 있었던 게 얼마 만이었을까.

오래 머리를 쥐어뜯으며 후회하고 있을 시간이 없었다. 욕실에서 나와 서둘러 출근 준비를 마치고 전철역까지 날다시피 뛰었다.

어제와 같은 하루였고 내일과도 같을 오늘이었다. 적당히 일이 몰렸고, 적당히 문제가 생겼고, 적당히 짜증이 났고, 적당히 해결됐고, 적당히 만족스러웠고, 적당히 쓸쓸했다. 재영과 차대리가 서로 심각하게 이야기를 나누고, 마주 보고 웃고, 나란히 외근 나가는 뒷모습을 쳐다보며 이제 슬슬 그와의 결별도 준비해야 할 때가 됐다는 생각을 했다.

재영과는 그냥 친구로 남았더라면 좋을 뻔했다. 그와 함께했던 그 많은 이야기와 그 많은 웃음과 그 많은 밤들이 생각났다. 그 피부의 감촉과 등에 있는 점과 옆구리의 주름과 아직 탄탄한 다리근육과 서서히 탄력을 잃어가는 허벅지 안쪽 살을 나는 이제 너무 잘 알았다. 예전의 좋은 친구로, 동료로 다시 돌아갈 수 있을까.

일찍 퇴근하여 쉬고 싶었지만 일이 마무리되지 않아 일곱시까지 일했다. 홍 대리와 저녁을 먹으며 반주 삼아 주거니 받거니 소주 한 병씩을 나눠 마시고 집으로 돌아와 씻고 일찍 잠자리에 들었다. 조금 뒤척이기는 했지만 다른 때에 비하면 쉽게 잠에 들었다.

날마다 조금씩 재영과의 이별을 준비했다. 마음의 준비였다. 금요일 저녁, 거래처 사람들과의 회식이 끝나고 잠깐 집으로 오겠다는 재영을 오지 못하게 했다. 판에 박힌 내 생활을 뻔히 아는 그에게 댈 수 있는 핑계가 별로 없었다. 결국 그는 집으로 왔고 새벽에 돌아갔다.

토요일 아침 일찍 엄마로부터 전화가 걸려왔다. 자다가 얼떨결에 받아서 이 시간에 웬일이냐고 물었더니, 엄마는 동틀 무렵까지 손님이 있어 정리하고 이제 막 들어온 참이라고 했다.

"그럼 이제 자야겠네."

"자야지."

"무슨 일 있수?"

"일은 무슨. 근데 너는 여태 자니?"

"토요일이잖아. 하루 종일 잘 거야."

"네 말대로 토요일인데, 데이트 같은 것도 안 하니?"

"데이트는 무슨. 다 늙어빠진 노처녀랑 누가 놀아주고 싶겠
어?"

"한번 올 생각 없니? 여기 오는 남자 중에 진짜 괜찮은 사람
이 하나 있는데……."

"일본 사람일 거 아냐. 교포든가."

"들어올 생각 없어? 아예 그냥."

"엄마, 거기 가라앉고 있는 거 몰라?"

"야!"

"농담이야, 농담. 여기도 남자 많아. 아직 나 좋다고 쫓아다니
는 사람도 많고."

"그럼 얼른 아무나 낚아서 결혼을 해."

"아저씨는 잘 계시지?"

"만날 그렇지 뭐."

"엄마, 아까는 그냥 농담이었지만…… 한국에서는 도쿄까지도 심각한 거 아니냐고 난리야. 거기 분위기는 어떤지 몰라도. 근데 난 엄마한테 들어오란 말 안 하잖아."

"그래, 알았다."

엄마는 이제 자야겠다며 너도 더 자라고 말하고는 전화를 끊었다. 이미 잠은 저만치로 달아난 뒤였다. 그 시점에서 아저씨 얘기를 꺼낸 것은 좀 비겁했다. 나도 안다. 아저씨 얘기만 나오면 엄마는 내게 무엇을 강요하거나 요구할 수 없다. 하지만 나는 절반쯤은 정말 아저씨의 안부가 궁금했다. 가끔은 보고 싶기도 했다.

엄마에게 말한 대로 하루 종일 빈둥거리다 밤늦게 라멘 가게로 나갔다. 라멘 가게 사장은 반갑게 맞아줬고 또 함께 술을 마셨다. 지용이 같이 있다가 막차 시간이 되어 먼저 자리를 떴다. 꽤 많이 마셨지만 두 사람 다 첫날만큼 취하지는 않았다. 나는 사장에게 요즘도 가끔 일본에 가느냐고 물었다. 그는 일 년에 한두 번은 여행 삼아 간다고 했다. 아직도 그쪽에 친구가 있느냐고 물으니 그는 또 그에 대해서는 대답하지 않고 말을 돌렸다.

주중에도 특별한 일이 없는 한 그 집에서 매일 저녁을 먹었다. 라멘 이외에도 덮밥 종류나 교자를 먹거나 채소볶음 등으로 하얀 쌀밥에 일본식 절임 반찬들을 곁들여 먹었다. 손님이 제법 드는 날도 있어서 혼자 창밖의 불 켜진 광장을 내다보기도 하고, 바에 앉아 바삐 손을 놀리는 사장과 주거니 받거니 이야기를 나누기도 하면서 밥을 먹고 맥주를 마시고 데운 청주를 마셨다. 바쁜 와중에도 짬이 나면 사장이 일본식 달걀말이를 만들어 서비스라며 내주기도 했다. 틈틈이 지용이 내 자리의 술을 얼른 한 잔 털어 마시고는 다시 재빨리 테이블 사이로 돌아다니기도 했다.

토요일 밤에는 가게에서 셋이서 또 술을 마셨다. 언제나처럼 지용이 먼저 가고 둘이 남아 새벽까지 마셨다. 취해서 나는 그에게 재영에 대해 이야기했다. 그가 빨리 정리하는 게 좋지 않겠느냐며 조심스럽게 충고했다. 나도 그럴 생각인데 잘되지 않는다고 말했다. 그 말을 하고 내가 피식 웃자, 그는 자신의 술잔을 들어 한 번에 털어 마시고 직접 잔을 채우며, 마음이 시키는 대로 사는 것도 나쁘지 않은 삶이지 하고 웃었는데 어쩐지 그 웃음이 쓸쓸했다.

함께 설거지를 하고 가게 문을 닫고 내려오니 비가 내리고 있었다. 취한 와중에도 우리는 마주 보고 웃었다.

"같은 생각을 하고 있는 거지, 지금?"

"그런 거 같네요."

가게로 올라가 우산을 가지고 내려온 사장이, 아니 이제 더욱 자연스럽게 아저씨라고 부르게 된 그가 오피스텔 앞까지 바래다줬다. 그는 한 블록을 더 가서 타운이 끝나는 도로 건너편에 있는 아파트에 살고 있었다.

"근데 이렇게 늦게 들어가도 사모님이 뭐라 안 하시나?"

"나 사모님 없는데."

"뭐야, 노총각이셨어?"

"총각까지는 아니고."

"그럼, 기러기 아빠?"

그가 또 말문을 닫았다. 나도 더 묻지 않았다. 그가 말하고 싶어지면 말할 수 있도록.

일요일은 하루 종일 집에서 뒹굴다 월요일을 맞았다. 주중에 칭다오 공장에 이틀 동안 출장을 가게 됐는데 재영이 하루쯤 빼서 오겠다고 하는 것을 오지 못하게 했다. 돌아올 때 공항 면

세점에서 고급 고량주를 사서 라멘 가게 아저씨에게 선물했다. 아저씨는 기뻐하며 같이 마시자고 했지만, 나중에 애인이랑 마시라고 하고 나는 밥이나 달라고 했다.

내내 어제와 같은 하루였고 내일과도 같을 오늘이었다.

Quizas, Quizas, Quizas

1

어쩌다 몹시 우울한 날이 있다.

심장이 불안정하게 뛰고 무엇을 해도 불안하고 무엇을 해야 할지도 알 수 없는 날, 모든 게 다 부질없는 짓이란 생각이 드는 거다. 일도 연애도, 살아가는 일이 모두.

이유? 그런 건 없다. 아니, 없는 게 아니라 모른다는 말이 맞겠다. 어쩌면 수면 부족이라거나, 전날 마신 술 때문에 속이 몹시 좋지 않다거나, 불현듯 지난 시간이 몹시 그리워졌다거나.

그래, 그런 것들도 얼마든지 이유가 될 수 있겠다. 어쩌다 몹시 우울하고 불안정한 날. 그날이 그랬다.

아침은 거르고 점심으로 콩나물국밥을 먹었다. 속이 좋지 않아 많이는 먹지 못했다. 옥상 벤치에 앉아 쉬고 있을 때 재영의 아내로부터 전화가 걸려왔다. 바로 받지 못하고 그녀의 이름이 뜬 화면을 물끄러미 내려다봤다. 그저께 밤에도 재영은 나와 함께 있었다. 아침에 일어나 나흘 예정으로 말레이시아로 가는 비행기를 탔다. 내 차로 공항까지 데려다주고 그대로 차를 가지고 출근했다.

어제는 창신동 사장과 늦도록 대작하느라 과음했다. 대리기사를 불러 집까지 왔는데 늦잠을 잤고, 전날 밤의 일이 일부 또 생각나지 않았고 또 지각을 할 뻔했다.

나는 통화 버튼을 누른 뒤 여느 때와 마찬가지로 그녀의 안부부터 물었다. 내년이면 초등학교에 들어가는 큰아이와 배 속에 있는 아기의 안부도 물었다. 그녀는 임신 팔 개월째였다.

다른 때처럼 재영에 대해 물으려는 것인 줄 알았다. 요즘 부쩍 말수가 줄고 잠도 잘 못 잔다고, 회사에 무슨 일이 있느냐고 걱정하는 것인 줄 알았다. 그런데 그녀는 조심스럽게 차 대리에 대해 물었다. 아직 결혼은 하지 않았다고 들었는데 혹시 결혼할 사람이 있느냐고 물었고, 사적인 이야기는 서로 하지 않아 잘 모르겠다고 대답하기도 전에 재영이 이번 출장에도 그녀와 동행했느냐고 물었다.

"아니요, 국내에 있어요. 오늘도 출근했는데, 왜요?"

"지난번 말레이시아 출장도 같이 갔었잖아요?"

"그랬죠. 그쪽 일이 잘돼서 하 과장 어깨가 제법 으쓱해져 있어요. 잘하면 곧 승진하겠던데요?"

"아니, 그게 아니라……."

그녀의 한숨 소리가 수화기 저편에서도 깊었다.

그녀는 시간이 되면 퇴근 후에 자기를 만나줄 수 있느냐고 물었다. 재영에게는 비밀로 해달라면서. 아이도 있고 몸도 무거운 그녀를 위해 내가 집 앞으로 가기로 했다. 그녀는 전화를 끊기 직전까지도 재영에게는 비밀로 해달라고 거듭 당부했다.

전화를 끊고 옥상 난간 너머로 재영과 그의 아내가 사는 집 쪽을 바라다봤다. '사람들이 의외로 "비밀"이라는 말을 참 많이 하는구나'라는 생각을 하면서. 지금 재영은 없고 그녀와 아이가 머물고 있을 아파트 단지가 저 멀리로 주변보다 높게 우뚝 솟아 있었다. 집들이 때 가봐서 그 집의 내부를 잘 알고 있으면서도 재영과 그의 아내가, 재영과 그의 아이가, 그의 아내와 그들의 아이가 함께 생활하는 모습은 잘 상상이 되지 않았다. 그들이 주고받는 말들과 그들이 주고받는 몸짓과 손짓들, 그럴 때 지을 법한 표정들.

일이 손에 잡히지 않아 회사에서 일찍 나왔다. 재영의 아파트까지 천천히 걸었다. 차로는 십 분 남짓 걸리는 거리가 더딘 걸음으로 걸으니 한 시간이 넘게 걸렸다. 약속 장소인 아파트 건너편 상가에 있는 카페에 도착했을 때에는 만나기로 한 시각 까지 아직 사십 분이나 남아 있었다.

일단 들어가 자리를 잡고 앉았다. 다리도 아프고 목도 몹시 말랐다. 시원한 음료라도 먼저 한 잔 마시고 있을까 하는 생각 을 막 하고 있는데 그녀로부터 전화가 걸려왔다. 아이를 옆집 에 맡겼다고, 회사와도 집과도 떨어진 곳에서 만났으면 한다고 했다. 상수동에 있는 카페로 약속 장소를 변경하고 서둘러 그 곳을 나왔다. 택시를 타고 얼른 새로 잡은 장소로 향했다. 재영 의 아내는 나보다 십오 분가량 늦게 왔다. 그동안 나는 재빨리 얼음이 가득 든 커피를 주문해서 마시고 치웠다.

짐작대로 그녀는 차 대리와 재영의 사이를 의심하고 있었다. 재영에게 다른 여자가 있는 것 같은데 아무래도 차 대리 같다 는 것이었다. 그는 아니라고 하지만 자신은 알 수 있다고. 이번 출장도 그저께 밤에 간다고 했지만 사실은 어제 아침에 떠났다 는 것을 그녀는 알고 있었다.

"가방에 티켓이 있더라고요. 이것도 뭐라 핑계를 댈 것 같아서 몰래 복사까지 떠놓기는 했는데, 사실 어떻게 하면 좋을지 모르겠어요. 차 대리를 한번 만나볼까도 생각했는데, 그럼 규인 아빠가 굉장히 화를 낼 거 같아서요. 몰래 미행이라도 해볼까 하는 생각도 했는데, 그러려면 규인이를 맡겨야 하는데, 규인이를 맡기려면 친정엄마에게 부탁해야 하는데, 뭐라 말해야 좋을지 알 수도 없고, 몸이 이렇게 무거워서 자신도 없고."

거기까지 말하고 그녀는 지그시 입술을 깨물었다. 금방 두 눈에 눈물이 글썽하더니 주르르 뺨을 타고 흘렀다. 여러 밤낮 혼자 온갖 상상의 나래를 펼쳤던 듯했다. 한번 터진 눈물이 멈추지 않았다. 그녀는 한동안 계속 울었다. 그렇게 서러운 울음은 처음이었다.

나도 어찌하면 좋을지 몰라 가만히 있었다. 가만히 있다가 찻잔을 만지작거리다가, 카운터로 가서 냅킨을 얻어와 그녀에게 건넸다.

울음을 수습한 그녀가 여러 의혹과 그것을 확인할 수 있는 방법과 자신이 취할 수 있는 행동에 대한 몇 가지 경우의수를 늘어놨다. 계속 듣고 있기 민망하여 내가 먼저 슬그머니 그녀의 말을 잘랐다.

"제가 한번 알아볼게요."

"이수 씨가요?"

"네, 하 과장도 모르고 차 대리도 모르게 한번 알아볼게요."

"그래주실 수 있어요?"

"네, 하 과장을 위해서도 그게 사실이라면 빨리 정리를 하는 게 맞는 거죠."

"전 절대로 이혼은 안 할 거예요."

"그렇죠. 그동안 규인 엄마 고생한 건 저도 알고 하 과장도 알고, 모두 다 알죠. 억울해서라도 못 하죠. 근데 아닐 거예요. 혹시 그렇다면 제가 눈치채지 못했을 리가 없죠."

"이수 씨도 제가 임신 중이라 예민하게 군다고 생각하세요?"

"아니에요, 그런 거. 왜요, 하 과장이 그렇게 말해요?"

"늘 그런 식이죠. 그런 식으로 피해요."

"이런, 하 과장 나쁘네. 알겠어요. 일단 제가 몰래 알아보고 연락드릴게요."

"이수 씨한테 이런 부탁까지 하고, 정말 미안해요."

그녀가 또 울먹거렸다. 계속 호흡이 거칠었다. 숨을 쉴 때마다 부푼 배가 오르락내리락, 온몸을 다해 숨을 쉬고 있는 것처럼 보였다.

갑자기 그녀가 아, 하며 오른쪽 배 위에 손을 올렸다. 마사지를 하듯 천천히 쓰다듬었다. 옷자락 위로도 팽팽하게 부푼 배가 꿀렁꿀렁 움직이는 게 보였다.

"아이가 잘 노나 봐요?"

"네, 규인이 때보다도 더 극성이네요."

얼굴을 붉혔지만 그녀는 꽤나 뿌듯해했다. 나는 그녀의 배를 물끄러미 쳐다봤다. 할 수만 있다면 내가 뱉은 말들을 모두 주워 담고 싶었다. 사람이 어떻게 이렇게까지 뻔뻔해질 수 있을까.

"저 아직도 그 사람 많이 사랑해요. 그 사람도 내 몸이, 내 꼴이 지금 이러니까…… 그래서 그냥 잠깐…… 그런 걸 거예요. 이수 씨, 꼭 좀 부탁드려요."

잠시 욕망을 해소할 누군가가 필요했을 거라는 뜻인가 보다. 그렇게 믿고 싶은가 보다. 그런데 어떡하나, 그녀의 몸이 그렇지 않을 때에도 재영은 나와 일주일에 한 번씩은 잤는데. 그녀를 향해가던 일말의 죄책감을 거둬들였다. 그렇게 말해준 그녀가 차라리 고마웠다. 나도 말해주고 싶었다. 앞으로는 어떨지 몰라도 지금까지는 나였다고, 당신이 의심스럽다고 조목조목 지적한 부분들은 모두 나의 흔적이라고. 그렇게 말하면 그녀의 표정이 어떻게 변할까. 아직도 사랑을 믿고 말할 수 있다니, 그녀가 측은하면서 또 한편 한심했다.

카페 앞에서 택시를 잡아 그녀를 태워 보내고 바로 차 대리에게 전화했다. 차 대리는 아직 회사에 있었다. 이미 퇴근하여 집에 들어갔다 해도 집 앞으로 찾아갈 생각이었다. 회사의 다른 사람들에게는 말하지 말고 잠깐 보자고 했다. 그녀가 이쪽으로 오기로 했다.

사실 재영의 아내만큼이나 나도 확인하고 싶었다. 일을 핑계로 둘이서 무슨 짓들을 하고 다니는지.

근래 들어 재영은 출장 때마다 밤에 연락이 잘 되지 않았다. 국내에 있을 때에는 퇴근 후 사적으로 연락하지 않는 게 일종의 묵계였지만, 출장을 나갔을 때는 언제나 밤에 전화를 걸어왔다. 그쪽의 밤이 이쪽의 낮이어서 근무 중에 받을 때도 있었지만, 어쩌다 시차가 맞아 서로 잠자리에 들어 있으면 그는 내가 그립다고, 내 몸이 그립다고, 수화기 너머로 가쁜 숨을 몰아쉬고 뜨거운 말을 내뱉으며, 내게도 말해달라면서 자신의 몸을 만지고 똑같이 내 몸을 만지도록 요구하기도 했다. 그는 출장지의 낯선 호텔방에서 나는 내 오피스텔의 침대 위에서 서로의 몸을 만지고 아득한 순간을 맞고 나른해져서는 서로 잘 자라고 인사하고 깊은 잠에 빠져들기도 했다.

그런데, 그러고 보니 몇 주 전 회식에서 끝까지 함께 있었다고 생각했던 차 대리는 2차 호프집에서 먼저 갔다. 이사님이 가시고 얼마 지나지 않아 그녀가 나갔다. 집에 일이 있다고 했었다. 술자리가 시작되면 그녀도 거의 대부분 재영과 함께 끝까지 자리를 지키고 있었기 때문에 그날도 그랬을 거라고 생각했는데, 이제야 기억났다. 가라오케에서 재영의 그 돌발적 욕망은 그녀의 빈자리 때문에 내게로 향했던 것일까. 그들은 언제나 잠시 자리를 비워 그 짓들을 해댔던 걸까. 확실히 그날 그는 다른 때와 달랐다. 어쩌면 그녀와의 관계에서 새로 익힌, 그녀의 취향인지도 몰랐다.

그런데 그럼 지지난 주 금요일 밤은, 그리고 그저께는? 세 여자 사이를 오가는 재영의 아슬아슬한 줄타기가 빠르게 돌리는 필름처럼 눈앞을 돌아갔다.

나는 이제 차 대리에게 재영과의 관계를 조심스럽게, 필요하다면 당당하게 추궁하듯 물을 수 있게 됐다. 그녀는 당연히 부인할 것이고, 나는 그녀를 자극할 것이고, 그녀는 발끈하며 언성을 높일 것이고, 나는 그녀의 뺨을 내려칠 수도 있게 됐다. 그녀가 억울해하며 회사의 누군가에게, 혹은 누구에게도 말하지 못하고 재영에게만 얘기해도 상관없었다. 나는 재영의 아내로부터 부탁을 받았을 뿐이다.

지금 나는 무슨 생각을, 무슨 상상을 하고 있는가.

이별을 준비하고 있지 않았던가. 이제 와서 무엇을, 왜 확인하고 싶어 하는가. 무엇에 이토록 화를 내고 있는가.

재영 아내의 부푼 배가 떠올랐다. 거칠게 숨을 들이쉬고 내쉴 때마다 꿈틀거리던 그녀의 부푼 배, 꼬물꼬물 곧 태어날 작디작은 아기를 담은 배, 그리고 큰아이인 규인이 "이모" 하고 부를 때의 동그란 두 눈과 푸른 흰자위 안의 까만 눈동자, 쫑긋거리는 입술, 달려와 안기면 한 팔에 포옥 들어오던 작고 여린 몸뚱어리의 부드러운 감촉, 금방 씻은 아이에게서 나는 특유의 좋은 냄새.

내가 가지지 못한 것을 가진 재영 아내에 대한 분노인가. 내가 이미 가진 것을 가져가려 하는 차 대리에 대한 분노인가. 아니면, 나 자신에 대한?

차 대리에게 다시 전화를 걸었다. 급한 일이 생겨서 이야기
는 다음에 해야 할 것 같다고 말했다.

"무슨 일이신데요? 거의 다 왔는데."

"정말 미안해. 집에 일이 있어서, 들어가봐야 할 거 같아."

나는 손짓으로만 급히 지나가는 택시를 잡았다.

"유 과장님 혼자 사시지 않아요? 집에 누구 와 계세요?"

"엄마가 와 계셔."

입에서 튀어나오는 대로 거짓말을 했다.

"아, 어머니가 와 계세요? 근데 진짜 무슨 할 말이 있으셨던
건데요?"

"아니, 별거 아니고. 그냥 차나 한잔 같이할까 했어."

"에이, 아닌 거 같은데."

"아, 미안. 내가 지금 좀 급해서."

"네, 할 수 없죠. 그럼 내일 회사에서……."

그녀의 말이 끝나기도 전에 얼른 전화를 끊었다. 내 앞으로
빈 택시가 와서 섰다. 차 문을 열고 타자마자 건너편으로 도착
한 택시에서 그녀가 내리는 것이 보였다.

2

택시가 강변도로를 지나 자유로로 들어섰다. 한강 하구의 서쪽 하늘을 붉게 달구던 해가 중앙 광장에 도착할 즈음에는 완전히 져서 어둠이 내렸다.

가로등 불빛이 닿지 않는 광장 구석에 우두커니 앉아 오가는 사람들을 구경했다. 주변의 빌딩들에 다닥다닥 붙은 각양각색의 간판과 불 켜진 상점과 음식점과 오피스텔의 네모난 창에 하나씩 불이 들어오는 광경을 구경했다. 아직 깜깜한 저 방의 주인은 지금 어디에서 무얼 하고 있을까.

나는 늘 그랬던 것 같았다. 구경꾼이 되어 물끄러미 바라만 보고 있었던 것 같았다. 내 인생에서 한 번이라도 주인공이었던 적이 있었던가. 일도 사랑도 놀이도, 구경꾼이 되어 그저 바라보고 있는 나를 또 내가 물끄러미 바라보고 있었다. 구경만 하고 있었다.

라멘 가게의 간판에는 진즉부터 불이 들어와 있었다.

祭り(まつり, 마츠리).

축제.

왜 라멘 가게의 상호가 축제일까.

스카프도 두르지 않은 목덜미로 부는 바람이 선뜩했다.

라멘 가게의 실내에도 불이 켜져 있었다. 창가 자리의 테이블마다 천장으로부터 길게 늘어뜨려진 둥근 등이 하나, 둘, 셋, 넷, 다섯. 저기 어른거리는 그림자는 손님일까, 사장일까, 지용일까. 나무로 짠 격자무늬 창 안의 불빛이 따뜻해 보였다.

천천히 벤치에서 일어섰다. 몸이 얼고 굳어 잘 펴지지 않았다.

"이랏샤이마세!"

딸랑, 하고 종이 울리자 주방과 홀에서 아저씨와 지용이 동시에 외쳤다. 아저씨는 주방에서 고개를 내밀고 반갑게 눈인사를 건네고, 지용은 안쪽 홀에서 힐끔 내다보고는 '에이, 난 또' 하는 표정으로 씩 한번 웃고는 도로 들어갔다.

아저씨가 주방과 바를 가르는 턱 위에 껍질째 삶은 콩과 절인 오이를 담은 종지를 내놨다. 그쪽으로 앉으라는 뜻이었다. 나는 바 한쪽에 쌓여 있는 젓가락과 받침, 개인 접시 등의 기본 세팅 용구를 가져다 놓고 그 앞에 앉았다. 그가 올려놓은 종지들을 내 앞으로 내려놨다.

"퇴근? 집에 안 들렀다 왔나 봐?"

찻주전자에 뜨거운 물을 부어 내주며 그가 물었다.

"들어가면 나오기 싫을 거 같아서요."

"날씨가 많이 추워졌지?"

"조금."

"내일은 더 춥다네. 아침에 든든히 입고 나가."

따뜻한 찻주전자를 두 손으로 감싸 쥐자 얼었던 손이 풀리며 가볍게 몸이 떨렸다.

"이 정도 추위쯤이야."

"그러다 감기 걸리지. 뭐 줄까?"

"오늘은 뭐가 맛있어요?"

"지용이가 오늘 친구들 온다고 야키토리 양념을 직접 배합해서 재웠는데, 제법이더라."

"와우, 진짜? 기대되네요. 얼른 먹어보고 싶다."

아저씨가 냉장고에서 스테인리스 통을 꺼냈다. 양념에 재운 닭고기를 두툼한 것으로 두 조각 골라 석쇠에 끼우고 화덕에 얹었다. 닭고기가 익을 동안 프라이팬에 밥을 볶았다. 밥을 볶는 중간중간 고기와 양념이 타지 않도록 석쇠를 뒤집어가며 상태를 점검했다.

금방 밥이 볶아지는 좋은 냄새가 풍겼다. 고기에서 떨어진 기름과 양념이 화덕 안에서 지글지글 타들어가고, 하얀 연기가 바로 위에 설치된 환풍기 안으로 빨려 들어갔다.

"오늘 그 사람 부인을 만났어요."

재빨리 놀리던 손을 멈추고 그가 나를 지그시 쳐다봤다.

"아니, 그런 건 아니고. 전부터 친해요. 그냥 다른 걸 좀 묻고 싶다고."

그가 다시 손을 놀려 밥을 한번 뒤적여놓고 양념 통을 집어 들며 물었다.

"기분은?"

"그냥, 그래요."

그는 내 얼굴을 힐끔 한번 쳐다보고 몇 가지 양념을 더 밥 위에 뿌리고 골고루 뒤적였다. 나는 그의 손놀림을 멍하니 쳐다보며 삶은 콩을 까먹고 뜨거운 차를 마셨다.

안쪽 홀에서 왁자한 웃음들이 터져 나왔다. 우우, 야유를 퍼붓고 떠들썩하다가 잠잠해졌다. 두런두런 이야기를 나누다 간간이 목소리가 커지고 짧은 웃음들이 이어졌다.

"근데 혹시, 도쿄에서 오사카로 가는 길에 있는 수목원 아세요?"

"도쿄에서 오사카?"

그가 계속 주걱으로 프라이팬 안의 밥을 뒤적이며 되물었다.

"네, 도쿄 근처인지 오사카 근처인지는 잘 모르겠지만."

"도쿄에서 오사카가 그렇게 가까웠어?"

"네?"

그는 가스레인지의 불을 끄고 접시를 꺼내왔다. 숯불 위의 고기를 뒤집어놓고 돌아와 일회용 키친타월로 이마에 맺힌 땀을 닦으며 다시 물었다.

"지금 그게 질문인 거지?"

어이가 없다는 듯 웃으며 상체를 이쪽으로 기울이고 주방 앞의 턱을 두 손으로 짚었다. 힘을 줘서 버티는 그의 팔목에 힘줄이 솟았다.

"직선거리로도 500킬로미터 가까이 떨어져 있는 거 알고 있지?"

"그렇게 멀었나?"

"고속도로로 가도 서울에서 부산까지의 거의 두 배야. 그 사이에 수목원이 한둘이겠어? 게다가 도쿄 쪽으로는 후지 산도 있잖아. 나고야까지는 거의 산악 지대고, 그러니 해안선 빼고는 거의 숲이라고 봐야지?"

짚고 있던 주방 앞의 턱을 손으로 가볍게 밀어 상체를 바로 세운 후, 그는 프라이팬에 담긴 밥을 그릇에 옮겨 담았다. 화덕 쪽으로 가서 석쇠를 들어 앞뒤를 살펴본 뒤 그대로 가져왔다.

"그런데 갑자기 수목원은 왜?"

"얼마 전에 티브이에서 봤는데, 예전에 가본 적이 있는 곳 같더라고요."

볶은 밥 위에 두 조각의 고기를 맵시 있게 얹으면서 그는 계속 내 말에 귀를 기울였다.

"거기에서 찍은 사진도 찾았어요. 분명히 거기 같았는데, 티브이에서 볼 때는 이름까지 생각났는데, 다시 또 잊어버렸어요."

"가보고 싶어?"

소스가 담긴 튜브를 집어 들며 그가 물었다.

"딱히 뭐 그런 건 아닌데……."

"그 프로그램을 다시 찾아보면 되잖아."

"프로그램 이름도 생각나지 않고, 어떤 채널이었는지도 모르겠고."

"흠, 어렵네."

그는 덮밥 위에 소스를 뿌리고 잘게 썬 채소를 얹어 내 쪽으로 내놨다. 커다란 냄비에서 일본식 된장국도 덜어서 내놨다. 모양과 냄새만으로도 벌써 군침이 돌았다. 그러고 보니 하루 종일 제대로 먹지 못했다.

구운 닭고기를 결대로 찢어 채소와 밥과 함께 수저 가득 퍼서 입안으로 밀어 넣었다. 그의 말대로 양념에 재운 닭고기가 제법 입맛에 맞았다. 밑간도 잘되어 있고 소스도 달지 않고 담백했다.

"괜찮지?"

입안에 음식이 가득 들어 있어 말은 못 하고 놀랍다는 시늉만 해 보였다. 입안의 것을 씹어 삼키고 된장국을 그릇째 들어 젓가락으로 건더기를 저어가며 훌훌 마시고, 또 한가득 입안으로 밀어 넣었다. 지용이 빈 그릇을 잔뜩 쌓아 들고 와서 주방 앞 턱 위에 올렸다.

"설거지는 그냥 둬, 삼촌. 내가 이따 할 테니까."

"뭐 더 필요한 거는 없냐?"

"야키토리덮밥 두 개. 애들 배 속에 완전히 거지가 들었나 봐."

"거지가 들은 게 아니고, 맛있어서 그런 거지."

나도 입안 가득 음식을 담은 채로 얼른 지용에게 엄지손가락을 치켜세워 보였다.

"어, 누나도 먹고 있었네? 맛있죠? 이거 내가 한 거잖아."

고개를 끄덕이며 다시 한 번 엄지손가락을 치켜세웠다. 지용이 하이파이브 자세로 손바닥을 펼쳐 나도 얼른 손뼉을 마주 쳐주었다.

내가 밥을 거의 다 먹을 동안 그는 두 개의 덮밥을 만들어 내 놨다. 내게는 청주를 한 병 데워주고 삶은 콩과 절인 오이도 좀 더 덜어주고, 뒤편의 창고로 가서 채소들을 바구니에 담아가지고 나왔다.

"하, 이거 봐라. 무슨 당근이 이렇게 생겼지? 꼭 인삼 같네."

음식을 씹으며 그가 내미는 것을 쳐다봤다. 길쭉한 당근의 뾰족한 쪽이 두 쪽으로 갈라져 있었다. 그의 말처럼 인삼 같기 도 하고, 사람의 다리 모양 같기도 했다. 샴쌍둥이처럼 둘이 하 나가 되어 맞붙어 있는 것 같기도 했다.

그가 채소들을 개수대에서 씻을 동안 입안의 음식을 꼭꼭 씹어 삼켰다. 찻물로 입안을 헹구고 따끈한 청주를 마시고, 결대로 찢은 닭고기를 밥과 채소와 함께 꾹꾹 눌러 수저에 담았다.

"그거 버려요."

고개를 숙인 채 나직이 말했다.

"응?"

물소리 때문에 알아듣지 못한 듯했다.

"그거 버리라고요."

"뭐?"

나는 고개를 들고 그를 똑바로 쳐다봤다.

"버리라고요, 그거."

흐르는 물 속에서 놀리던 손을 멈추지 않은 채로 그가 또 '응?' 하는 표정으로 나와 눈을 맞췄다. 나는 밥과 고기를 꾹꾹 눌러 담은 수저를 그릇에 그대로 놓고 일어나 가방을 챙겼다.

"벌써 가려고? 아직 다 먹지도 않았잖아."

가방을 어깨에 메고 서서 청주 잔을 들어 단숨에 마시고 잔을 내려놓고 출입문을 향해 돌아섰다. 곧장 가게를 나왔다.

그가 재빨리 따라 나와 등 뒤에서 내 이름을 불렀다.

"이수야!"

대답하지 않았다. 마침 바로 온 엘리베이터에 올라타 닫힘 버튼을 눌렀다. 엘리베이터 문이 닫히고 내려와 다시 문이 열리고, 그는 아래층까지는 쫓아 내려오지 않았다.

3

밤이 깊어가는데 거리에 사람들은 왜 이리도 많을까. 상점도 많고 음식점도 많고 술집도 많고. 전부 꽉꽉 차서 빈자리가 보이지 않았다. 공용 주차장도 만차이고 이면 도로에도 한 개 차선은 주차된 차들로 빽빽했다.

자주 가는 집 근처 주류 백화점도 성업 중이었다. 나는 문간의 매대에 있는 와인을 아무거나 한 병 집어 들고 줄을 서서 기다렸다가 계산하고 그곳을 나왔다.

오피스텔 로비에서 엘리베이터를 기다리는데 코트 주머니에 들어 있는 휴대폰이 울렸다. 누군지 확인해보지도 않았고 받지도 않았다. 가방을 어깨에 메고 와인병을 가슴에 끌어안은 채로 우두커니 서 있었다. 한 번 끊겼다가 다시 울리는데도 받지 않았다. 옆에서 같이 엘리베이터를 기다리던 여자가 나를 힐끔힐끔 쳐다봤다.

벨소리 음악은 냇 킹 콜의 〈Quizas, Quizas, Quizas〉였다. 텅 빈 로비 가득 "Quizas, Quizas, Quizas" 음악이 흘렀다.

엘리베이터가 도착해 여자가 먼저 타고 내가 뒤따라 탔다. 한쪽으로 자리를 잡고 문으로 돌아서는 여자와 눈이 마주쳤다. 희미하게 웃어주었다. 여자도 보일 듯 말 듯 어색하게 마주 웃었다. 이해한다는 표정인지, 짜증 난다는 표정인지는 알 수 없었다. 어느 쪽이라도 상관없었다.

좁은 엘리베이터 안에서도 벨소리 음악이 계속 울렸다. 차가운 금속판으로 된 벽에 머리를 기대고 서서 나직이 "Quizas, Quizas, Quizas" 따라 불렀다. 십팔층에서 여자가 내렸다.

현관의 센서 등이 꺼지기 전에 얼른 현관 앞 복도의 불을 켰다. 와인을 주방에 가져다 놓고 옷을 갈아입었다. 화장을 지우고 세수를 하고 기초 화장품을 꼼꼼히 발랐다. 와인병을 옆구리에 끼고 와인 잔과 코르크스크루도 찾아 들고 거실로 내려와 카펫 위에 앉았다. 티브이를 켜고 와인을 한 잔 가득 따라 단숨에 마셨다. 반잔쯤 따라 반쯤 마셨다.

와인 잔을 든 채로 소파에 등을 기댔다. 켜놓은 티브이에서
는 슬랩스틱코미디가 한창이었다. 날씬한 여자와 뚱뚱한 여자
가 한 남자를 사이에 두고 싸우고 있었다. 남자는 번번이 날씬
한 여자의 편을 들었다. 뚱뚱한 여자가 엉뚱하고 뻔뻔한 짓을
할 때마다 객석에서는 웃음이 터졌다. 뚱뚱한 여자의 승리였
다. 여자가 남자를 번쩍 안아 들고 무대 뒤로 사라졌다. 날씬한
여자가 어깨를 으쓱해 보이자 객석에서는 또 와와 웃음이 터졌
다. 금방 무대 장식이 바뀌고 근육질의 남자들이 등장했다. 빈
술잔을 채우고 채널을 돌렸다.

해외여행 프로그램이었다. 친한 연예인 친구들끼리 오로라
를 보러 떠난 여행이었다. 스태프와 매니저에게 속아서 입고
있는 그대로 짐도 없이 출발하게 되었는데도 그들은 마냥 즐거
워 보였다. 공항 내 식당과, 창밖의 활주로와 어딘가에서 오고
또 가는 비행기들과, 옆자리에 앉은 외국인과, 오랜 비행과 기
내식과, 잠시 체류하게 된 지구 반대편 도시의 밤과, 도착지의
숙소와 눈 쌓인 북유럽의 어느 거리와 상점과, 그들의 웃음과
웃음과 웃음을 멍하니 쳐다보다가 술을 마시다가 술이 떨어졌

다. 티브이를 켜둔 채로 잠옷 대신 입은 헐렁한 트레이닝복 위에 코트만 걸치고 지갑을 챙겨 들었다.

주류 백화점은 영업을 끝내 깜깜했다. 주변을 두리번거리며 간판들을 살폈다. 같은 건물 이층에 와인 바가 있었다. 겉에 긴 외투를 걸쳐 입긴 했지만 트레이닝복 차림으로 들어가기에는 아직 술이 덜 취했다. 마침 바로 옆 건물 일층에 실내 포장마차가 있었다. 열 평 남짓 되는 크기에 몇 개 안 되는 좌석마다 삼삼오오 무리를 지어 떠들썩했다. 구석에 하나 남은 2인용 자리로 비집고 들어갔다. 자리마다 사이가 좁아 서로 등을 붙이다시피 앉아 있는 사람들 사이를 헤치며 들어갔다. 소주 한 병과 어묵탕을 시켰다.

소란스러운 실내의 구석 자리에 혼자 앉아 한 병을 다 비워 갈 무렵 외투 주머니에서 휴대폰이 울렸다. 재영이었다. 휴대폰을 둥근 양철 탁자에 올려두고 소주 한 병을 더 시켰다.

두 번째 술병이 거의 비워졌을 무렵 문자메시지가 도착했다. 벌써 잠들었냐고, 이제야 호텔방에 들어왔다고, 잘 자라고.

휴대폰을 어묵탕 그릇 옆에 던져놓고 중얼거렸다. '그래, 당신도 잘 자.'

정신은 말짱한데 눈앞이 흐리고 몸의 움직임이 둔해진다. 세 병째의 마개를 돌려 따는데 휴대폰 벨이 또 울렸다. 확인하려다 폰을 떨어뜨렸다. 주우려고 상체를 숙이다가 그대로 고꾸라졌다.

주변이 더욱 소란스러워졌다. 옆 테이블에 앉았던 사람이 벌떡 일어나고, 서빙 하는 아주머니가 달려와 나를 부축해 일으킨다.

"에고, 이런. 안 다치셨어?"

죄송하다고 말하고 쓰러져 있는 의자를 추슬러 앉는다.

"많이 드셨나 보네. 그만 들어가시지."

아주머니를 쳐다보며 씩 웃는다. 웃는다고 느낀다.

벨소리 음악이 또 흐른다. '나는 당신에게 묻고는 하지요…… 당신은 늘 내게 대답하지요. 아마도, 아마도, 아마도. 당신은 시간을 잃고 있는 거예요. 생각하고, 생각한다고…… 그렇게 날들은 가고, 나는 절망에 빠져만 가요, 그런데도 당신은 대답하지요, 아마도, 아마도, 아마도, 키사스(Quizas), 키사스, 키사스.'

눈앞의 휴대폰을 집으려고 집중한다. 조심스럽게 손을 뻗어 휴대폰을 집어 드는데 성공한다. 손에 든 채로 발신 번호만 뚫어지게 쳐다본다.

라멘 가게 사장이다. 받지 않는다. 옆 테이블의 손님들이 힐끔거린다. 그 시선이 느껴진다. 아직 덜 취했다. 더 마셔도 된다. 앞에 있는 술잔을 입안에 털어 넣는다. 입가로 술이 흐른다. 손등으로 훔쳐내고 막 도착한 메시지를 확인한다. '이수야, 괜찮니?'

괜찮다. 괜찮다. 내가 괜찮지 않을 일이 뭐가 있겠는가.

아주머니는 술을 더 주지 않는다. 마실 수 있는데, 아직도 이렇게 정신이 또렷한데.

계산을 하려고 지갑을 열어 카드를 꺼내려는데 잘 꺼내지지 않는다. 몸이 앞뒤로 흔들리고 눈앞의 세상이 앞뒤로 흔들린다. 엄지손가락에 집중해서 힘을 줘 카드를 빼낸다. 지갑에 들어 있는 것들이 몽땅 빠져 바닥에 흩어진다. 누군가는 혀를 차고, 누군가는 내가 떨어뜨린 것들을 주워내 지갑에 꼼꼼하게 넣어준다. 또 누군가의 도움으로 계산을 마치고, 지갑을 주머니에 넣고 그곳을 나온다.

분명히 익숙한 곳인데 집으로 가는 방향이 어느 쪽인지 잘 모르겠다. 주위를 두리번거리다가 건너편으로 공용 주차장이 보여 그쪽으로 건너간다. 여기에서 왼쪽으로 돌아 한 블록만 가면 내가 사는 오피스텔이 나온다. 나올 것이다. 춥다. 많이 춥다. 펄럭이는 외투 자락을 꼭꼭 여미고 두 팔로 가슴을 감싸 안고 웅크린 채 걷는다. 피한다고 피하는데도 마주 오는 사람들과 부딪친다. 부딪치고 사과하고, 부딪치고 사과하고, 나중에는 귀찮아서 사과도 하지 않는다. 한 남자가 바로 옆으로 따라붙는다.

"언니, 스무 살, 스무 살. 김수현도 있고 강동원도 있고 현빈도 있고."

고개를 푹 숙인 채 계속 걷는다.

"누나, 택이는 어때요, 택이. 박보검. 아니, 정팔이 같은 스타일 좋아하시나?"

힐끔 돌아보니 고등학교나 졸업했을까 싶게 앳된 애송이다.

"저리 가라. 내가 첫사랑에 실패만 안 했어도 너 같은 아들이 있다."

"아우, 우리 누나 진짜 술 많이 하셨나 보다."

그래, 믿기 싫으면 믿지 마라. 다들 그렇게 농담인 줄 알더라.

그런데 어쩌나, 진짜거든!

햇병아리 애송이의 목소리가 멀어지고 다른 남자가 따라붙는다. 대리기사들이 흔히 메고 다니는 가방을 메고 있다. 콜을 받는 기기도 들고 있다. 역시나 그는 내게 대리운전이 필요하지 않느냐고 묻는다. 나는 아직 취하지 않았다. 이렇게나 사리 판단이 분명한데, 아직 취했을 리 없다. 바로 앞에 나타난 편의점으로 들어간다. 냉장고에서 소주 두 병을 꺼내 들고 계산대로 간다. 소주를 계산대에 올려놓고 던힐 한 갑과 라이터도 달라고 한다. 이번에는 좀 수월하게 계산을 마친다.

편의점에서 나와 담뱃갑을 뜯는다. 소주가 든 비닐봉지를 한 손에 든 채로 앞뒤로 흔들리는 몸을 추스르며 뜯으려니 잘 뜯어지지 않는다. 누군가 담뱃갑을 가져간다. 고개를 들어보니 대리기사가 필요하지 않느냐고 물었던 아까 그 남자 같다.

"약주 많이 하셨나 봐요. 제가 해드릴게요."

깔끔하게 뜯어서 한 개비 꺼내 건네주고 나머지 담뱃갑도 건네준다.

"고맙습니다."

고개를 깊이 숙여 인사한다. 무게 중심이 앞으로 쏠리며 그대로 고꾸라지려는 것을 그가 얼른 잡아준다. 라이터를 켜서 불을 붙이려는데 잘 붙지 않는다. 불꽃이 일어난 라이터가 눈앞에 나타난다. 거기에 대고 한 모금 깊게 빨자 기침이 터진다.

"담배도 잘 못 피우시나 보네."

"아니에요, 잘 피워요."

즐겨 피우지는 않지만 가끔 한 대씩은 피운다. 너무 오랜만이라서 이러는 거다. 아무튼 그가 고맙다.

"감사합니다. 제가 대리를 해서 가면 좋겠는데요, 집이 엄청 가깝거든요."

"네에, 괜찮습니다. 약주도 많이 하신 듯한데, 얼른 들어가세요."

"아저씨, 제가 지금 술을 또 샀거든요? 저랑 한잔하실래요? 아, 저기 곱창집 보이네. 저기서 한잔하실래요?"

"감사합니다만, 저는 일을 해야 해서요. 얼른 댁에 들어가세요."

"아이, 그러지 말고 한 잔만. 딱 한 잔만! 아저씨, 얼마 버시는데요? 제가 다 드릴게요."

"어허, 아가씨 참. 이러고 다니면 위험해요. 집이 어디예요?"

담배를 피우며 계속 그를 붙들고 술이나 한잔하자고 조른다. 그는 내게 한쪽 팔을 잡힌 채로 콜을 받는 기기를 들여다본다. "저는 이만 일하러 가야겠네요. 위험하니 얼른 들어가세요" 하고는 공용 주차장 쪽으로 뛰어간다.

"다음에 꼭 같이 한잔해요. 아저씨, 파이팅!"

다 피운 담배를 바닥에 버리고 발로 비벼 끈다. 비틀거리며 몇 발짝 걷다가 되돌아간다. 내가 발로 비벼 끈 꽁초를 주워 든다.

"이런 걸 이렇게 버리면 안 돼요."

혼잣말을 중얼거리며 담배꽁초를 외투 주머니에 넣고 비닐봉지에서 소주병을 꺼낸다. 마개를 돌려 따서 마개는 주머니에 잠시 넣어두고 병째 들이킨다. 분명히 술을 샀는데 물맛이 난다. 병을 눈높이로 들어 올려 라벨을 본다. 술이 맞다. 뚜껑을 닫아 부스럭부스럭 비닐봉지에 넣고 다시 걷는다. 우리 집으로 가는 방향이 맞긴 맞나. 주변을 휘 둘러본다. 맞는 것 같다.

사랑하는 사람이 생겼어.

히데오의 마지막 말이 귓가에 맴돈다. 마트에서 샴쌍둥이처럼 둘이 하나로 맞붙어 있는 당근이 신기해서 사 온 내게 당장 갖다 버리라며 화를 내던 그가 눈앞에 서 있다. 처음이자 마지막으로 내게 화를 냈던 그 장면이 생생하다. 이렇게도 생생한데, 눈도 코도 입도 없다. 생각이 나지 않는다. 어떻게 생겼는지, 키는 얼마나 되었는지. 나보다 한 뼘쯤 컸었나, 두 뼘쯤? 그의 어깨에 내 머리가 닿았던가, 팔뚝에? 기억을 지웠더니 추억마저 사라져버렸나.

멈춰 서서 소주를 꺼내 한 모금 마시고 담배 한 개비를 꺼내문다. 소주병의 마개를 닫아 잘 갈무리해놓고 담배에 불을 붙여 피우며 걷는다. 그 사람에게 여자가 있는 것 같아요. 재영의 아내가 울먹이며 따라온다. 아기를 담은 배를, 그 동그랗게 부푼 배를 쑥 내밀고서, 옷 위로도 꿈틀거리는 것이 느껴지던, 이제 곧 태어날 작디작은 아기를 담은 배 위에 한 손을 얹고. 그 느낌은 어떤 것일까. 알았는데 잊었다. 히데오를 잊었듯 그 느낌도 잊어버렸다.

불을 끈 꽁초를 외투 주머니에 집어넣는다. 소주를 한 모금 더 마시고 병을 비닐봉지에 넣고, 바로 옆에서 들려오는 차 대리의 웃음소리를 향해 휘휘 손을 내젓는다. 저리 꺼져. 너무 밝아 때론 버릇없고 오만해 보이기까지 하는 그녀의 웃음소리가 멈추지 않아 기분이 나빠진다. 걸음을 멈추고 소주를 꺼내 벌컥벌컥 들이켠다.

어느새 오피스텔 앞이다. 용케도 길을 잃지 않고 잘 찾아왔다. 기특하다, 기특하다, 나 자신이. 칭찬해줘야지.

저기 저 앞에 서 있는 사람은…… 라멘 가게 사장이다. 사장 아저씨다. 아저씨도 나를 칭찬해주려고 기다렸나 보다. 아직 내게는 소주 한 병이 더 있다. 나는 주섬주섬 소주를 꺼내 보인다.

아저씨, 여기 소주 한 병 남겨 왔어요. 다 마시지 않았다고요. 나 정말 착해졌죠? 이거, 같이 마실래요?

연리목

1

낯선 문양의 천장으로 한 줄기 빛의 선이 그어져 있었다. 두 터운 암막 커튼 사이로 들어온 빛이었다. 방에는 아무런 장식도 없이 붙박이장과 옷걸이와 침대 하나만이 덩그러니 놓여 있었다. 무채색 침구에서는 좋은 냄새가 났다.

트레이닝복 차림 그대로였고 내 외투는 옷걸이에 걸려 있었다. 이불을 들추고 일어나 외투 주머니를 뒤졌다. 지갑과 휴대폰이 그대로 들어 있었다. 외투를 입고 조심스럽게 방문을 열었다. 짧은 복도 안쪽에 있는 방이었다. 맞은편에는 방인지 욕실인지 알 수 없는 문이 하나 더 있었다. 복도 너머는 주방 겸 거실이었다.

거실 소파에서 아저씨가 담요만 덮고 웅크린 채 자고 있고 있었다.

살금살금 현관으로 가 신발을 신고, 자동잠금장치의 오픈 버튼을 찾아 눌렀다. 짧고 낮게 띠릭, 하고 잠금장치가 풀렸다. 얼른 뒤를 돌아다봤다. 아저씨는 여전히 기척도 없이 자고 있었다.

대단지 아파트라 출구를 찾아 한참 헤매야 했다. 밤새 기온이 더 떨어져 있었다.

아저씨와는 언제 어디에서 만난 걸까. 아저씨의 집까지는 어떻게 갔을까. 어젯밤의 일들이 잘 생각나지 않았다. 실내 포장마차에서 끈질기게 울려대는 벨소리 음악을 들으며, 흥얼흥얼 따라 부르며 소주를 마시고 있었는데…….

제시간에 출근하려면 서둘러야 했지만 집으로 돌아왔을 때에는 온몸이 다 얼어버렸다. 따뜻한 물로 오래 샤워했다. 샤워를 하다 둥근 양철 탁자 위의 전화를 집으려 애쓰던 것이 생각났다. 집중해서 손을 뻗다가 휴대폰을 떨어뜨렸던 일도, 그걸 줍겠다고 상체를 숙였다가 그대로 고꾸라졌을 때의 통증도, 놀라서 달려오는 아주머니의 목소리와 그녀가 신고 있었던 털 달린 겨울 슬리퍼의 모양과 색깔까지.

그렇게 마셨는데도 다른 때에 비해 숙취가 심하지 않았다. 아저씨가 내게 숙취 해소제라도 마시게 한 걸까.

그리 서둘지 않았는데도 회사에는 제시간에 도착했다. 몇몇

자리는 아직 비어 있기까지 했다. 준비실에서 누군가 먼저 내려놓은 커피를 따르고 있는데 차 대리가 들어왔다. 차 대리는 안쪽에 아무도 없는 것을 확인하고는 나직이, 어제는 정말 무슨 일이었느냐고 물었다. 나는 어제와 똑같이 대답했다. 차나 한잔하려 했었다고.

"하 과장이 요즘 일을 너무 빡시게 시키는 것 같아서. 얘기나 좀 들어주려고 했지."

"진짜요? 어휴, 역시 유 과장님밖에 없다니까요. 그렇잖아도 그 뒤로도 전철 타고 집에 가다 말고 회사로 다시 들어왔잖아요. 뜬금없이 지난 시즌 블라우스 자료랑 샘플을 사진으로 찍어 보내라고 하셔서는, 그 시간에 장 실장님에게까지 연락해보고 난리도 아니었어요."

나는 웃으며 그럴 줄 알았다고, 나중에 다 들어주겠다고 했다.

자리로 돌아와 커피를 마시며 잠시 앉아 있었다.

그리고 잡혀 있는 스케줄을 점검해봤다. 내가 직접 처리해야 할 사항과 그렇지 않은 사항을 나누고, 당장 해야 할 일과 미뤄도 되는 일들을 체크했다. 모니터를 들여다보며 벌써 일에 몰두해 있는 홍 대리를 힐끔 한번 쳐다보고 사무실을 휘 한번 둘러봤다.

오전 중에 내가 직접 해야 할 일들을 서둘러 처리했다. 전화를 돌리고 결재받아야 할 서류들을 미리 작성해 챙겨놓고, 오후에는 만나야 할 사람들을 만나고, 직접 방문하고 돌아와 이후 점검 사항을 메모하여 홍 대리에게 넘겼다.

"잊지 말고 때때마다 잘 체크해줘."

"어디 가세요?"

"휴가."

"에이, 설마."

"진짜야."

퇴근 직전에 휴가 신청서를 부장에게 제출했다. 예상대로 부장은 단박에 안 된다고 했다. 벌써 이번 시즌에 출시된 제품의 주문이 밀려들고 있었다. 홍 대리와 신입 사원 둘이서 처리하기에는 벅찰 것이다. 무단결근으로 처리하시든가 필요하면 사직서라도 내겠다고 했다. 부장은 다녀오면 진짜 책상이 사라져 있을 수도 있다고 협박했지만 결국 마지못해 승낙했다.

자리를 정리하고 사무실을 나서는데, 홍 대리가 자기 자리에 앉아 허탈한 표정으로 나를 쳐다봤다. 아직 오늘 할 일도 다 끝내지 못한 모양이었다. 나는 그의 어깨를 가볍게 주물러주고는 출입문 쪽으로 향했다.

"다녀오시면 아마 저 없을 거예요."

홍 대리가 뒤에서 소리쳤다. 나는 돌아서서 경례하듯 손날을 이마에 갖다 붙였다 뗐다.

"잘할 거잖아."

한쪽 눈을 찡긋해 보였다.

"하, 진짜아!"

전철역까지 가기도 전에 장 실장으로부터 전화가 걸려왔다. 장 실장은 당장 거기 서라고 소리부터 질렀다. 나는 웃으며 나중에 회사에서 보자고 말했다.

"당신, 지금 미쳤지?"

"응, 미쳤지. 미치지 않고는 이럴 수 없지."

"지금 우리보고 다 죽으라는 거지?"

"명복을 빌어."

"유 과장, 진짜 무슨 일 있어?"

"아니야. 좀 쉬고 싶어서 그래."

"쉬고 싶어서? 헐, 나보다 더?"

"미안."

장 실장은 계속 투덜거렸다. 아무튼 용기가 가상하다고 했고, 한편 부럽기도 하다고 했다. 이왕 결심한 거니 푹 쉬다 오라면서, 언제까지냐고 물어서 일단 일주일이라고 대답했다. 일주일 이상은 아예 받아주지 않을 것 같아서 기간을 그렇게 적었다. 어쨌든 내일은 재영이 출장에서 돌아오는 날이다.

집에 거의 다 와서는 재영 아내의 전화를 받았다. 그녀도 마음이 급할 것이었다. 나는 계속 바빠서 그런 것까지 신경 쓸 여력이 없었다고 말했다. 하루 종일 틈틈이 고심하여 신중하게 고른 어휘였다. 그런 것까지, 신경 쓸 여력, 짜증을 살짝 억누르고 있는 것처럼 들리기를 바랐다. 그녀는 잠시 말이 없었다. 예의 가쁜 숨소리만 들렸다. 이내 큰 한숨을 몰아쉬더니 그런 것까지 부탁하게 되어 미안하다고 하는 그녀에게 나는 아니라고, 내가 더 미안하다고 말했다. 그 말만큼은 진심이었다. 그녀는 이제 당분간 내게 전화하지 않을 것이다.

집으로 올라와 씻고 간편한 옷으로 갈아입고 가방을 꾸렸다. 세면도구와 화장품과 옷가지를 잡히는 대로 챙겼다. 겨울 코트도 한 벌 챙기고 주차장으로 내려갔다.

하루가 다르게 해가 짧아져 회사를 나설 무렵부터 어둑어둑했는데 이 작은 도시에도 벌써 밤이 내려 깊어가고 있었다.

노란 가로등이 줄지어 켜져 있는 자유로로 나가 외곽 순환도로를 탔다. 한강 하구의 김포대교를 건너 판교 방향으로 향했다. 인천공항에서 출발한 밤 비행기의 불빛이 높게 날아 동남쪽으로 사라지고, 김포로 내리는 비행기가 고도를 낮추어 바로 차창 밖 도로 위의 하늘을 가로질렀다. 서운분기점과 장수인터체인지 부근에서 잠깐 밀리다가 이내 뚫렸다. 조남분기점에서 서해안고속도로로 갈아탔다. 서서울톨게이트를 빠져나와 영동고속도로와 만나는 지점을 지나쳐 서해대교 쪽으로 내처 달렸다.

화성휴게소가 5킬로미터 앞에 있었다. 화장실도 가고 싶고 허리도 뻐근했다. 들어갈까 말까 망설이다가 휴게소를 지나쳤다. 다음 휴게소까지는 27킬로미터였다.

행담도휴게소에서는 제법 바다 내음이 나고 바닷바람도 불었다. 건물 뒤로 돌아 들어가 주차했더니 주변이 깜깜해서 어느 쪽이 바다인지는 알 수 없었다. 화장실에 들렀다가 식당으로 갔다. 해장라면과 충무김밥으로 늦은 저녁을 먹었다. 반쯤

밖에 먹지 못하고 반을 남겼다. 따뜻한 커피 한 잔을 사 들고 건물 앞으로 나왔다.

행담도 위로 높게 떠 있는 서해대교의 긴 가로등 불빛이 교각 아래 바닷물에 비쳐 흔들렸다. 요코하마 베이브리지 아래, 마지막 교각에 인접한 주차장이 생각났다. 도쿄에서 넘어와 요코하마 시 쪽에 있는 주차장이었다. 베이브리지도 서해대교처럼 바다 위에 떠 있었다. 그곳에서 올려다보는 긴 다리의 불 켜진 정경이 지금 저 모습과 흡사했다.

매달 마지막 주 토요일 밤이면 에어컨디셔너 기능이 고장 난 히데오의 낡은 픽업트럭을 타고 그곳으로 갔다. 바다 위에 높게 떠 있는 베이브리지의 불빛과 화려한 항구도시의 야경을 배경으로 자정 무렵부터 튜닝한 차들을 몰고 마니아들이 모여들던 곳.

음질 좋은 대형 스피커를 개조하여 트렁크에 꽉 차도록 설치한 봉고들이 음악을 꽝꽝 울려대고, 차체의 아랫부분을 어떻게 고쳤는지 앞바퀴가 올라가고 뒷바퀴가 올라가고, 전체적으로 내려앉았다가 솟았다가 마치 춤을 추듯 오픈카들이 들썩거렸다. 완벽한 캠핑카로 개조된 탑차의 주인은 입구를 열어놓고 그 앞에 내어놓은 발판에 걸터앉아 도시락을 먹고 맥주를 마셨다. 온갖 모양과 기능을 갖춘 온갖 크기와 종류의 차들 사이를 누비며 밤새 서로의 차를 구경하고 칭찬하고 정보를 교환하고, 한쪽에서는 즉석에서 힙합 배틀이 벌어지고 곳곳에서 예고도 없이 소형 폭죽이 터지면 와와 함성을 지르기도 했었다.

우리는 낮에도 전철을 타고 요코하마 시내까지 자주 놀러 갔다. 바닷가에 서 있어 몹시도 흔들림이 심했던 대관람차를 타고 밖은 쳐다보지도 못한 채 내려올 때까지 히데오의 팔을 붙들고 내내 울었던 일도 있었다. 폐선을 개조해 만든 귀신의 집으로 나를 속여 데리고 들어간 히데오가 나보다 더 혼쭐이 나서 한동안 걷지도 못해 내가 깔깔대며 놀려대기도 했었다. 거대한 배 모양으로 설계된 여객 터미널 건물의 선미 부분에서는 〈타이타닉〉의 명장면을 흉내 내고, 도시의 중심에 솟아 있는 랜드마크타워에 빨리 올라가보겠다고 과제 사진을 찍고 있는 히데오를 재촉하기도 했었다.

칠십층까지 순식간에 올라가 귀가 먹먹해지던 엘리베이터, 아름다운 항구도시가 한눈에 내려다보이고, 후지 산 방향으로 노을이 지던 정경, 자장면이 없었던 차이나타운의 중화요리

집······.

주낙 그물에 물고기가 낚여 올라오듯 새삼 기억들이 줄줄이 수면 위로 떠오르고 있었다. 하지만 그의 얼굴은 여전히 생각나지 않았다.

행담도휴게소에서 주유를 하고 나와 계속 남쪽으로 내려갔다. 아래쪽으로 내려갈수록 가로등이 없는 구간이 늘어나고 밤이 깊어갈수록 차들도 뜸해졌다.

보이는 것이라고는 간간이 지나가는 차들의 전조등 불빛과 터널과 깜깜한 바닥의 하얀 실선뿐인 한밤의 고속도로를 달리다 보니 현실감각이 무뎌졌다. 눈앞에 보이는 현실이 일종의 게임으로 여겨지기도 했다. 내 차를 추월해 앞서 달려가는 저 트럭을 들이받아 길가로 밀어뜨리고 계속 나아가면 점수가 부쩍 올라갈지도 몰랐다. 잘못하여 내가 밀려나거나 전복되어도 게임 오버, 그리고 다시 시작해도 될 것 같았다.

슬금슬금 졸음이 몰려왔다. 운전대를 잡은 팔에 힘이 풀리며 깜빡깜빡 눈이 감기기도 했다. 그렇게 다시 시작할 수 있다면, 나는 어디에서부터 다시 시작해야 할까.

2

골목에서 히데오와 마주쳤던 그날 밤이 떠오른다.

우리는 그 밤 이후로 거의 매일 만났다.

아침마다 집 앞에서 만나 역까지 함께 걸었다. 라멘 가게에서 아침을 먹고 역으로 올라가 서로의 승강장에서 마주 보고 서서 서로의 열차가 올 때까지 눈을 맞추고, 입 모양과 주위를 살피는 조심스러운 손짓과 발짓만으로 '응? 뭐?' 해가며 이야기를 나누다 서로의 열차를 타고 각자의 학교로 갔다. 저녁에 학원에서 돌아와보면 히데오가 역까지 마중 나와 있었다. 상점가를 지나쳐 골목까지 함께 걸어와 집 앞에서 헤어질 때도 있었고, 집 앞에 있는 공원에서 늦도록 이야기를 나눌 때도 있었다. 차츰 그의 집으로 놀러 가고 그가 우리 집으로 놀러 왔다.

나의 일본어 실력은 부쩍부쩍 늘어갔다. 학교와 학원에서 그날 습득한 단어와 회화를 복습하고 있으면 그가 발음을 교정해주고 정확한 뜻과 용례를 적어주고 소리 내어 말해보게 했다.

아파트 구조였던 우리 집과 달리 작은 정원이 있었던 그의 집도 생각난다. 비가 내리는 여름 날 마루에 앉아 처마 끝으로 떨어지는 빗줄기를 바라다보며 그가 만드는 카레 냄새를 맡던 일도. 비가 그치고 키 작은 나무의 잎과 가지에 맺혔던 물방울이 똑똑 떨어지고 잔디가 말라가고, 짙은 색으로 변했던 석등이 점점 제 색깔로 엷어지는 과정을 천천히 지켜보기도 했었다. 한쪽으로 쳐놓은 얇은 커튼이 살랑살랑 바람에 흔들리고 이윽고 구름이 걷히고 햇살이 비치면, 시원한 마룻바닥에 펼쳐놓은 책 위에 엎드려 까무룩 잠이 들기도 했다.

엄마도 히데오를 좋아했다. 히데오의 아버지도 나를 좋아했다. 히데오는 엄마의 김치찌개를 좋아했고, 나는 히데오 아버지의 스키야키를 좋아했다. 히데오 아버지는 어느 일요일, 홋카이도에서 수산물 도매업을 하는 친구에게 부탁하여 대게를 상자 가득 택배로 받아 드럼통에 넣고 삶아주었다. 엄마와 나와 히데오와 그의 아버지는 마루에 커다란 상을 펼쳐놓고 둘러앉아 가위를 하나씩 들고 게살을 파먹으며, 한국어로 일본어로 떠들어대다가 한국어도 일본어도 아닌 웃음들을 터뜨렸다. 무슨 말이었던가. 무슨 말을 하다가 그렇게 마주 보고 웃었을까.

어느 날 나는 마트에서 장을 보다가 삼쌍둥이처럼 붙은 당근을 발견했고, 그 당근을 보자마자 연리목을 떠올렸다. 서로 다른 뿌리에서 자란 가지가 맞붙어서 한 나무처럼 된 연리목.

나는 그것을 히데오에게 보여주고 싶었다. 얼른 장바구니에 넣고 다른 것들도 골라 계산하고 집으로 돌아오면서도 연리목을 일본어로 뭐라 설명하면 좋을까 궁리했다. 아는 어휘와 표현을 다 동원해 문장을 만들어봤지만 그렇게만 설명해도 알아들을 수 있을지 알 수 없었다.

집에 도착하자마자 사전을 찾았다.

連理の枝(れんりのえだ, 렌리노에다).

발음이 잘되지 않았다. 혀가 꼬이고 자꾸 렌이 넨으로 발음됐다. 소리 내어 몇 번을 말해봤다.

당근을 깨끗이 씻어 들고 히데오에게로 갔다. 그러나 그는 그것을 보자마자 바로 얼굴이 굳어버렸다. 당장 내다 버리라고 했다. 연리목에 대한 이야기는 꺼내보지도 못했다. 애써 연습했던 발음도 써먹어보지 못했다.

풀이 죽어 집으로 돌아왔다. 아무리 생각해봐도 그가 왜 그러는지 알 수 없었다.

다음 날 히데오로부터 전화가 걸려왔다. 밤이 꽤 늦은 시각

이었는데 히데오는 집 앞에 있는 공원으로 내려올 수 있느냐고
물었다.

산책로와 놀이터와 테니스장과 농구 코트가 있는 꽤 큰 공원
이었다. 공원에는 우리가 늘 가던 쉼터가 있었다. 등나무가 네
귀퉁이의 기둥을 타고 올라가 연둣빛 그늘이 지고, 사월이면
하얀 포도송이처럼 주렁주렁 꽃이 피어 달콤한 꽃향기가 공원
을 넘어 내 방 창가까지 날아들던 곳.

히데오는 내게 미안하다고 말했다. 그렇게 화낼 일이 아니었
는데, 정말 미안하다고.

"어릴 때, 우리 마을에도 이런 게 있었어. 어느 날 옆집 할머
니가 먹어보라면서 어머니에게 가져다줬어. 밭에서 캔 거라면
서. 그런데 아버지가 손도 대지 못하게 했어. 이거보다 더 이상
한 토마토도 있었는데 그것도 마찬가지였지. 그리고 얼마 지나
지 않아 우리는 일본으로 돌아온 거야. 새 학년으로 막 올라갔
을 무렵이었고 새 친구도 생겼는데. 그래서 나는 참 싫었어. 그
때는 몰랐지. 우리가 왜 돌아와야 했는지."

아마도 이와 비슷하게 말했을 것이다. 히데오는 늘 그렇게
끊어서, 또박또박 말했다. 일본어가 아직 서툰 나를 위한 배려

였다.

히데오가 어릴 때 우크라이나에서 살았다는 것은 나도 알고 있었다. 독립하기 전이라 구소련과 한 나라일 때였다. 일문학 교수인 다카하시 상이 키예프 대학에 교환교수로 가게 되어 어머니와 함께 갔었다고 들었다. 번잡한 것을 싫어하는 어머니를 위해 아버지는 시내에서 북쪽으로 20킬로미터쯤 떨어진 드네프르 강변의 한 마을에 집을 얻었다. 드네프르 강은 러시아와 벨라루스와 우크라이나를 지나 흐르는 강이었다.

자신이 여덟 살 때 일어난 원전 사고에 대해, 히데오는 기억하는 게 없었다. 시내에 있는 학교에서 돌아온 아버지와 어머니가 나직이, 심각하게 주고받던 이야기와 두 분의 어두운 표정도 훗날 일본으로 돌아와 어머니가 아프기 시작한 후, 아버지가 다른 사람들에게 설명했던 그때의 상황을 재구성하여 기억 속에 주입시킨 것일 수 있었다.

"사월에 원전 사고가 났는데, 많은 사람들이 죽고 다치고 여전히 후유증으로 죽어가고 있는데, 그쪽 사람들이 피난 오고 치료받고 있었던 키예프 시내에서는 오월 축제가 열렸어. 언론이 철저히 통제됐거든. 일반 시민들은 무슨 일이 일어났는지 잘 몰랐고, 그게 얼마나 심각한 일인지도 잘 몰랐어. 나도 엄마와 구경을 갔어. 회사도 학교도 다 쉬는 날이라 아버지도 나중에 합류했지. 오월 축제는 노동절 축제로 일 년 중 가장 큰 행사였거든. 그리고 일 년쯤 지난 뒤에 우리는 돌아왔던 거야."

돌아온 지 사 년 만에 어머니가 유방암 진단을 받았다. 아버지는 원전 사고와의 연관성을 밝히기 위해 백방으로 뛰어다니며 싸웠다. 어머니는 결국 그의 고등학교 입학식도 보지 못한 채 돌아가셨고, 아버지는 끝내 아무것도 밝혀내지 못했다.

"그래서 그런 부분에 대해 우리가 좀 예민해. 이해할 수 있지?"

나는 사실 그게 무슨 말인지 잘 이해하지 못했다. 그가 어릴 때 잠시 살았다는 구소련의 원전 사고와 샴쌍둥이처럼 붙어 있는 당근과 토마토와 어머니의 죽음과의 상관관계에 대해. 나중에 도서관에서 자료를 찾아보고, 인터넷 검색을 해보고야 알았다.

그래도 나는 그때 고개를 끄덕였다. 다 이해한다고, 오히려 내가 미안하다고. 무엇을 왜 미안해해야 하는지 잘 몰랐지만 어머니의 죽음과 관련이 있다는 것만으로도 나는 진심으로 미안했다.

히데오는 이후 자신의 어린 시절에 대해 가끔 이야기했다.

그 전까지는 잘 하지 않았던 이야기들이었다.

일본으로 처음 돌아왔을 때는 많이 힘들었단다. 특히나 새 친구를 사귀는 일이 가장 어려웠다고. 새 친구와 친해졌다 싶으면 친구가 곧 그를 멀리했고, 이사를 자주 다녀서 그는 더욱 외톨이가 됐다.

그때는 그도 이유를 몰랐다. 어머니의 발병 이후에야 아버지에게서 들었다. 지구 반대편에서 일어난 원전 사고에 대해 이제 세계 모든 이들이 알게 됐고 심각성도 알게 되었지만, 잘못된 정보가 사람들의 입과 입을 통해 퍼져나가고 있었다. 그들은 히데오 가족의 짐과 몸에 축적되어 있을지도 모를 방사능을 두려워했다. 대학에서 근무했던 아버지는 그나마 괜찮았지만 어머니 역시 히데오와 사정이 별반 다르지 않았다. 키예프에서 살다 왔다는 사실이 알려지면 이웃 주부들 사이에서 외톨이가 되곤 했다. 그런 현상은 그녀의 발병 이후 더욱 심해졌다. 그가 중학교 때는 가장 친한 친구였던 아이가 그에게 직접 얘기해준 적도 있었다. 자신의 어머니에게서 주의를 들었다고.

어느 날 그가 내게 물었다.

"너도 내가 무서운 거 아니지?"

나는 무섭지 않았다. 그의 말을 이해하기 위해 자료들을 찾아보았기 때문이기도 하지만, 그러지 않았다 해도 나는 무섭지 않았을 것이다. 나는 이미 그와 함께라면 죽을 수도 있다고, 이미 때때로 생각하고 있었기 때문이다.

3

다음 휴게소로 들어가 주차장에 차를 세우자마자 운전석을 뒤로 젖혔다. 신발을 벗고 웅크리고 누워 눈을 감았다. 언제 잠이 들었는지도 모르게 잠에 떨어졌다.

자다가 몹시 추워 잠이 깼다. 뒷좌석으로 손을 뻗어 코트를 끌어다 덮었다. 그래도 추웠다. 시동을 걸고 히터를 틀었다. 창문을 조금 열어놓고 다시 잠에 들었다. 자다가 답답하여 깼다. 목덜미로 진득하니 땀이 배어나 있었다. 히터를 끄고 코트를 어깨까지 끌어 올려 덮으며 조수석 쪽으로 돌아누웠다. 그대로 또 잠에 들었다.

무서운 꿈을 꾼 것도 아닌데 가위에 눌렸다. 정신을 차리고 보니 바로 앞의 화단에 외따로 심긴 커다랗고 늙은 나무의 앙상한 가지와 마른 잎들이 앞 유리창을 향해 내리 누르듯 늘어뜨려져 있었다. 갑자기 와락 무섬증이 일었다. 어둠 속에 홀로 서 있는 나무가 그저 평범한 나무로 보이지 않았다. 거대한 정령이 무표정한 얼굴로 뚫어져라 내려다보고 있는 것만 같았다.

얼른 좌석을 바로 세우고 브레이크를 풀고 후진했다. 휴게소 건물 앞의 가로등이 밝은 구역에 다시 주차했다.

새벽 네시를 막 넘긴 시각이었다. 꽤 큰 규모의 휴게소인데도 주변에 차가 거의 없었다. 휴게소 건물도 밖에 있는 노점은 모두 영업을 끝내 어둡고, 건물 안에서만 하얗게 불빛이 뿜어져 나오고 있었다.

시동을 끄고 차에서 나와 화장실로 갔다. 볼일을 보고 손을 씻는데 더운물이 나왔다. 차로 돌아와 세면도구와 타월을 챙겨 다시 화장실로 갔다. 양치질을 하고 세수도 했다.

세면도구와 타월을 차에 가져다 두고 휴게소 건물로 들어갔다. 커피 전문점은 문을 닫았고, 편의점 한구석에 마련된 언제 내려놓았는지 알 수 없는 커피를 샀다. 향은 다 날아가서 밍밍했지만 따뜻해서 마실 만했다.

편의점과 라면 코너만 영업을 하고 있었다. 드넓은 홀이 거의 텅 비어 있었고 난방 기구도 일부만 가동되어 추웠다.

휴대폰으로 이 부근이 어디쯤인지 검색해봤다. 휴게소 이름을 넣고 지도를 확대했다. 조금만 더 내려가면 바로 군산시였다. 군산시에는 전국 3대 중화요리집이 있다고 들었다. 유명한 빵집도 있다고 들었다. 군산항에서 새벽 조업을 나가고 들어오는 배들을 구경하고 방파제를 한 바퀴 돌아보고 해가 뜨면 시내를 어슬렁거리다가, 유명하다는 짬뽕을 사 먹고 명물 빵을 사 들고 어딘가로 다시 출발하거나, 도시가 마음에 들면 숙소를 잡고 하룻밤 묵는 것도 나쁘지 않을 것이다.

차로 돌아와 시동을 걸었다. 휘발유는 행담도에서 가득 넣어 아직 두 눈금밖에 줄지 않았다. 넓은 주차장을 빠져나와 고속도로로 올라섰다. 얼마쯤 가자 군산시로 나가는 출구가 나타났다. 아직 날이 밝지 않아 주위가 깜깜했다. 시간은 새벽을 넘어 아침을 향해가는데, 그렇다고 생각하기에 길 위는 여전히 밤이었다.

그쪽으로 나가야지 생각만 하다가 출구를 지나쳤다. 이내 낯선 지명의 이정표들이 도로 옆으로 휙휙 스쳐 지나갔다.

내처 달렸다. 차창 밖의 하늘이 검푸르게 밝아올 무렵에야 겨우 아는 지명을 만났다. 목포를 25킬로미터쯤 앞둔 지점이었다. 목포에는 무엇이 있었지? 생각나지 않았다. 무작정 목포항 쪽으로 방향을 잡았다.

푸릇하던 주변이 점차 투명한 빛으로 환해졌다. 끝없이 펼쳐진 들판 사이로 가르마처럼 난 길을 계속 달렸다. 간간이 저 멀리로 물러나 있는 낮은 산등성이들이 보이고, 드물게 모여 나타나는 농가의 굴뚝에서는 하얀 연기가 솟았다. 낯선 고장의 길 위에서 맞는 아침이었다.

톨게이트를 빠져나와 국도로 갈아탔다. 해안선을 따라 달리다 시내로 들어섰다. 목포항은 도시의 끝자락에 위치해 있었다.

목포항 근처를 돌아보고 시내를 오전 내내 쏘다녔다. 아무 식당에나 들어가 점심을 먹었다. 특별히 고르지 않았는데도 들던 대로 음식들이 푸짐하고 정갈했다.

관광 안내소를 찾아 부근의 지도와 가볼 만한 곳이 실린 안내 책자를 얻었다. 해남 땅끝마을이 국도와 지방도로를 갈아타며 가도 두 시간 거리였다. 일몰 시각은 다섯시 삼십분쯤. 내비게이션에 '땅끝마을'이라고 입력하니 바로 검색이 됐다.

바다 위에 떠 있는 목포대교를 넘어 허사도라는 작은 섬으로 들어가고 있을 때 재영으로부터 전화가 걸려왔다. 거치대에 세워놓은 휴대폰을 힐끔 한번 쳐다보고 계속 차를 몰아갔다. 한쪽은 도로와 비슷한 높이의 갯벌이었고, 한쪽은 저 멀리로 섬인지 산인지를 사이에 두고 푸른 물이 고여 넘실대는 바다였다.

벨소리 음악이 두 번 반복되고 끊어졌다. 비행기에서 내린 재영이 바로 회사로 들어갔을 시각이었다. 그는 내가 휴가를 냈다는 사실을 알 수도, 아직 모를 수도 있었다.

벨소리 음악이 다시 울렸다. 넓고 황량한 허사도의 물류센터 앞을 지나 삼호읍이라는 곳으로 들어섰다. 왕복 6차선 도로를 사이에 두고 양쪽으로 아파트 단지와 편의 시설이 늘어서 있었다. 산업 단지가 있고 현대중공업도 들어와 있는 것으로 보아 그쪽 사원들을 위해 조성된 마을인 듯했다.

해안선을 따라 달리다 만난 낯선 마을의 풍경을 내다보며 듣는 냇 킹 콜의 노래는 이제 휴대폰 벨소리가 아니라 그저 좋은 배경음악이었다. 오래된 엘피판이 긁히며 내는 잡음과 어우러진 탁한 듯 맑은 목소리가 감미로웠다.

이윽고 음악이 끝나고, 이번에는 바로 메시지가 떴다. 재영은 간단하게, 어디니? 라고만 물었다.

중공업 단지 앞의 바다에 떠 있는 거대한 화물선과 컨테이너 더미와 기중기들을 등지고 금호방조제를 건넜다. 해남휴게소를 지나 삼거리에서 좌회전한 뒤로 넘실대는 푸른 바다는 더 이상 나타나지 않았다. 야트막한 산자락을 끼고 농가 마을을 지나 계속 달렸다.

서울은 벌써 겨울 흉내를 내고 있는데 이쪽은 여전히 가을이었다. 울긋불긋 잎에 물든 단풍 색깔이 아직 퇴색되지 않은 산자락도 보였다. 산자락이라고 해봐야 들판 위의 완만한 언덕 같았다. 수확은 진즉에 끝나 딱딱하게 말라가고 있는 논과 밭들이 끝도 없이 이어졌다.

일몰이 지기 전에 한반도 서남쪽, 이 땅의 끝에 다다랐다. 전망대까지 올라가는 케이블카가 있었지만 걸어서 올라갔다. 가파른 산길에는 나무 계단이 박혀 있고, 안전 밧줄이 쳐 있는 낭떠러지 바로 아래까지 바닷물이 밀려와 넘실대고 있었다.

전망대에 올라 해가 지기를 기다렸다. 기다리는 동안 고맙게도 배경음악이 또 고즈넉하게 울려 퍼졌다. 내가 꼭 한 영화의

주인공이라도 된 듯한 기분이었다. 혼자 떠난 여행길, 땅끝에
닿아 일몰을 기다리며 'Quizas Quizas Quizas' 흥얼흥얼 따라
부르는 여주인공. 나쁘지 않았다.

수평선 가까이로 해가 기울고 있었다. 가깝고 먼 작은 섬들
사이로 하얀 물안개가 피어올랐다. 시나브로 밀도가 높아져 발
아래로 산이 있고 구름이 머무는 듯 보이기도 했다. 하늘과 바
다가 주홍빛으로, 선홍빛으로, 차츰 붉게 물들기 시작했다. 지
상의 장소가 아닌 듯, 지상의 시간이 아닌 듯, 땅끝은 그런 느낌
이었다.

4

고등학교를 졸업하고 대학은 한 해 더 있다 가기로 했다. 공
부하고 싶은 분야는 달랐지만 히데오와 같은 대학교에 가고 싶
었다. 그러려면 일본어 공부도 입시 준비도 좀 더 열심히 해야
했다. 일문학을 전공하고 싶었다. 다카하시 상의 서재에 있었
던 많은 책들의 영향을 받았다면 받았을 것이다.

히데오와 처음 입맞춤하던 날이 떠오른다. 그의 머리카락에서 나던 좋은 냄새가 떠오른다. 감은 눈 위로 어른거리던 햇살에 그림자가 지던 순간의 떨림이 떠오른다.

이마를 가린 머리카락을 조심스럽게 쓸어 올리고 가만히 와 닿던 입술의 감촉과 감은 눈두덩, 코와 뺨과 입술에 와 닿던, 그리고 깊이 들어오던 그 진한 키스의 기억.

귓바퀴와 목덜미를 지나 빗장뼈를 손끝으로 어루만지며 입을 맞추고, 어느새 밖에는 햇살이 지고 비가 내리고, 정원의 나뭇가지가 떨리는 소리, 석등 위로 빗물이 떨어지는 소리. 열어놓은 창으로는 한 줄기 바람에 축축한 비 냄새가 실려 들고, 손질이 잘된 다다미 특유의 짚 냄새에 섞여 드는 나무 냄새, 흙냄새, 그의 좋은 몸 냄새.

늘 피임을 한다고 했는데도 왜 우리에게 아기가 생겼는지는 알 수 없다. 그의 실수일 수도 나의 잘못일 수도 있었다. 그래도 나는 기뻤다. 대학은 아기를 낳은 후에, 아기가 좀 더 자란 후에도 얼마든지 다시 갈 수 있었다. 여의치 않다면 대학 따위, 나는 얼마든지 포기할 수도 있었다.

히데오도 나만큼이나 기뻐할 줄 알았다.

그런데 그는 그 사실을 알리자 한동안 어떠한 반응도 보이지 않았다. 화를 내지는 않았지만 기뻐하지도 않았다. 삼쌍둥이처럼 생긴 당근을 보여줬을 때처럼, 표정만큼은 그때와 다르지 않았다.

어머니처럼 자신도 일찍 죽을 수 있다는 걱정을 항상 안고 있었다는 것을 나중에야 알았다. 자신의 유전자가 망가졌을지도 모른다는 두려움, 기형아가 태어날 수도 있다는 두려움에 빠져 있었다는 것도.

그는 거의 한 달 동안 나를 혼자 울게 하고서야 겨우 기뻐했다. 하지만 내 엄마와 다카하시 상에게는 아직 비밀로 하자고 했다. 나중에 그가 먼저 정식으로 말씀드리겠다고. 아, 그러고 보니 그때였다. 그때 그가 그렇게 말했다.

히미츠(ひみつ, 비밀).

히미츠?

어쩌면 그는 여전히 두려워하고 있었는지도 모른다. 자신은 아직 모르고 다카하시 상만 알고 있는 새로운 진실이 있을까 봐, 알게 될까 봐. 사실 나 역시 엄마가 어떤 반응을 보일지 알 수 없었다. 자신과 같은 식의 삶을 선택하게 된 딸을 엄마는 어떻게 받아들일까. 그래도 나는 자신 있었다. 엄마처럼 살지 않을 자신이, 그 사랑을 놓치지 않고 끝까지 지킬 자신이.

아기가 배 안에 있을 무렵 우리는 여행을 떠났다. 그 수목원도 아마 그때 들른 곳일 것이다. 아직 티는 나지 않지만 하얀 원피스를 입은 내 배 안에는 아기가 있었을 것이다. 어쩌면 막 발길질을 시작한 무렵이었을 수도 있다. 그날의 다른 일들은 거의 잊었지만 달달한 간장으로 조린 닭고기와 새싹 채소와 먹을 수 있는 꽃잎의 맛이 아직도 생생한 것은 아마도 그때 내가 입덧을 하고 있었기 때문일 것이다.

그때였는지 그 전이었는지, 후였는지 모르겠다. 그 수목원이었는지 다른 어느 숲이었는지도 기억나지 않는다. 산책을 하다 솔 향 깊은 숲 속으로 들어가게 됐고 그곳에서 연리목을 만났다. 내가 먼저 발견하고 얼른 그를 돌려세웠다. 다리가 아프니 그만 가자고 했다. 그가 돌아서다 말고 "아, 연리목이네!" 하고 낮게 탄성을 내뱉었다. 그리고 그쪽으로 성큼성큼 먼저 걸어갔다. 나는 그의 눈치를 살피며 뒤따라갔다. 그는 서로 뒤엉켜 하나가 된 두 나무를 경외의 눈길로 바라보며 쓰다듬었다. 주변으로 몇 쌍의 연리목들이 더 있었다. 그는 팻말에 적힌 설명을 읽고, 다른 나무들도 가까이 들여다보며 그 이음새를 하나하나 만져봤다.

"연리목 숲을 조성하기 위해서 일부러 가깝게 심은 것들인가 봐."

나는 멀찌감치 서서 여전히 그의 눈치를 살폈다.

"신기하지? 와서 한번 만져봐. 한 나무처럼 보이는 게 아니라, 진짜 한 나무가 되어 있어."

내가 머뭇거리자 그가 내 손을 잡아끌었다. 나는 얼른 그의 손을 뿌리쳤다. 두 손을 등 뒤로 감췄다.

"왜?"

"당근."

"응?"

"예전에, 둘이 하나로 붙어 있었던 그 당근."

그가 내 눈을 물끄러미 들여다봤다.

"설마, 이것도 그런 종류의 이상 현상이라고 생각하는 건 아니지?"

"그때도 생각했었거든. 연리목 같다고, 그 말 하려고, 사전까지 찾아봤었어."

그가 갑자기 내 어깨를 짚고 소리 내어 웃기 시작했다.

"바보!"

그는 웃음을 멈추지 않았다.

연리목은 유전자 변형에 의한 이상 현상이 아니라고 했다. 상처가 둘을 하나로 만드는 것이라고 했다. 가깝게 심긴 나무들이 자라며 밑동이 굵어지고 줄기와 가지들이 자라며 서로 부딪어 상처를 내고, 상처끼리 맞닿아 서서히 아물며 하나가 되어가는 것이라고.

"땅속에서 뿌리끼리는 이런 현상이 더 자주 일어나. 밑동까지 잘라내도 죽지 않는 나무들이 있잖아? 그건 가까이 있는 다른 나무와 뿌리가 뒤엉켜 연결되어 있기 때문이야."

그는 계속 나를 놀리며 웃었지만 나는 울었다. 그의 가슴에 얼굴을 묻고 그의 가슴을 때리며 울었다. 말하지 못했지만 사실은 나도 두려웠던 것이다. 아기가, 아픈 아기가 태어날까 봐서.

염려했던 것과 달리 엄마와 다카하시 상의 반응은 의외로 괜찮았다. 자신들이 할머니, 할아버지가 된다는 사실에 우리보다 더 기뻐하며 흥분했다.

다카하시 상은 잘 말린 편백나무를 구해와 아기 침대를 직접 만들고, 엄마와 어디에 놓으면 좋을지 실랑이를 벌였다. 엄마는 우리 집의 내 방에 놓고 싶어 했고, 다카하시 상은 자신의 서재 옆 빈방을 정리해 그곳에 놓고 싶어 했다.

엄마는 잠도 줄여가며 열심히 아기 모자와 신발을 떴다. 술에 취해 들어온 새벽에도 엉망으로 떠놓고 다음 날 한숨을 폭폭 내쉬며 죄다 풀어내기도 했다. 다음 것은 어떤 색깔과 모양이 좋을지 다카하시 상과 샘플 북을 들여다보며, 서로 자신이 고른 것이 더 예쁘다고 우기다가 급기야 서로의 취향을 헐뜯으며 말다툼을 벌이기도 했다. 그럴 때면 히데오와 나는 슬그머니 자리를 피했다. 그들이 마음 놓고 싸울 수 있도록. 그런 실랑이마저 우리에게는 너무 큰 기쁨이고 행복이었다.

집에서 가까운 곳으로 병원을 정해놓고 한 달에 한 번씩 정기 검진을 다녔다. 18주가 막 지났을 무렵 기형아 검사를 권고받았다. 선택 사항이었으므로 나는 거부했다. 아기의 뇌가 정상적으로 자라지 못하고 있는 것 같다는 통보를 받은 것은 그로부터 꼭 한 달 뒤의 정기검진에서였다. 좀 더 정확한 진단을 위해 정밀 검사를 해보는 게 좋겠다고, 담당 주치의는 조심스럽게 권했다.

가족회의가 소집되고, 히데오와 엄마와 다카하시 상은 당연히 검사를 받아야 한다고 했지만, 나는 하지 않겠다고 고집을 부렸다. 배 속의 아기는 너무나도 건강하게 잘 놀고 있었다. 선택 사항인 비싼 검사를 받게 하려고 겁을 주는 것이라 우겼다.

큰 병원으로 가보자고 다들 입을 모았지만 나는 그것도 거부했다. 어차피 정밀 검사라 해도 정확도는 고작 85퍼센트였다. 그럼 나머지 15퍼센트의 확률은?

그건 단지 숫자 놀음일 뿐이었다. 내게는 각각 50퍼센트씩의 확률이 있을 뿐이었다. 내 아기가 지금 내 안에서 아픈 상태이거나, 그렇지 않거나. 어느 쪽이든 내 눈과 내 손, 내 몸의 감각으로 직접 확인할 길은 없었다. 설사 그렇다 해도 아픈 내 아기를 내 스스로 놓아버린다는 것은 상상조차 할 수 없는 일이었다.

그 뒤로는 정기 검진도 가지 않았다. 모두들 전전긍긍하며 걱정하고, 특히 엄마는 몹시 화를 내기도 했지만 누구도 강제로 나를 병원으로 데려가지 못했다.

결과는 의사의 예견대로였다. 아기는 뇌의 기능이 제대로 발달하지 못한 채로 태어났고, 태어난 지 이십 분 만에 죽었다. 하지만 그 이십 분 동안 내 품에 안겨 있었던 아기는 분명 나를 쳐다보고 내 손가락을 잡았다. 뇌의 기능이 제대로 발달하지 못한 채로도 아기에게는 엄마가 보였을까. 이 엄마가 느껴졌을까. 아이는 분명 그 작은 가슴으로, 작은 갈비뼈를 들썩이며 숨을 쉬었다. 나는 아이의 심장박동을 느꼈고, 심장이 서서히 멎어가는 것도 느꼈다. 아이가 나를 느끼지 못했다고 해도, 내가 그 아이를 느꼈다.

아기는 내가 병원에 있는 동안 화장되어 먼바다에 뿌려졌다. 히데오와 다카하시 상이 그 일을 처리했다. 나도 따라가고 싶었지만 아기를 낳은 후 몸 상태가 급격히 나빠지기 시작하여 엄마가 병실 문을 잠그고 따라가지 못하게 했다. 나는 병실 안의 물건을 집어 던지며 난동을 부렸다. 그래도 이미 아무 소용도 없는 일이었다. 내가 무슨 짓을 해도 엄마는 꿈쩍도 하지 않았다.

히데오는 밤이 늦어서야 돌아왔다. 내가 진정된 것을 보고 엄마는 가게에 나갔고, 나는 깜깜한 병실에서 약과 주사에 취해 뒤척이다 그가 들어오는 소리를 듣고서 잠든 척했다. 그는 불도 켜지 않은 채 창 쪽으로 돌아누워 있는 나를 가만히 내려다보다가, 침대 위로 올라와 내 등 뒤에 누워 등에 얼굴을 묻었다. 그리고 울었다. 나도 울었다. 우리는 밤새 그렇게 울기만 했다.

열흘 만에 퇴원하여 집으로 돌아와 보니 그동안 모아놓은 아기용품들이 모조리 사라지고 없었다. 엄마와 다카하시 상이 미리 치운 듯했다.

나는 좀처럼 이전의 생활로 돌아가지 못했다. 숨도 쉬기 힘들 정도로 불렀던 배가 푹 꺼졌는데 혼자 돌아왔다는 사실이 믿기지 않았다. 잠을 잘 자지 못하기 시작했고, 잠을 자기 위해 술을 마시기 시작했고, 술을 마시고는 그를 괴롭히기 시작했다.

결국 그 때문인 것만 같았다. 그의 유전자가 망가져서 아기도 그렇게 된 것만 같았다. 근거 없는 비난이었고 그의 잘못이, 그의 책임이 아니라는 것을 알면서도 나는 그를 몹시도 괴롭혔다. 그는 내 괴롭힘을 묵묵히 받아내며 점점 더 망가지고 피폐해져가는 나를 보듬고 보살폈다.

그러나 차츰 다들 나에게 지쳐갔다.

파친코점 사장 아저씨의 부인이 엄마를 찾아와 난동을 부린 것도 그 무렵이었다. 엄마는 내가 아기를 잃기 몇 달 전부터 그 아저씨와 동거 중이었다. 근처에 대형 파친코점이 들어서며 매

출이 줄고 부채가 늘어 본가에도 생활비를 보내지 못하게 되자 본부인이 그제야 찾아온 것이었다. 엄마는 순순히 가진 것을 다 내주고 아저씨를 얻었다. 파친코점의 부채도 모두 엄마가 떠안았다.

엄마도 보기 싫고 히데오도 보기 싫었다.

한국으로 돌아오던 날은 히데오가 공항까지 배웅했다. 잠시만 쉬다 오라고 했다. 오래 걸리지는 말라고 했다.

따뜻했던 도쿄와 달리 서울에는 눈이 내리고 있었다. 갑작스럽게 활주로에 쌓인 눈으로 비행기가 바로 내리지 못하고 공항 상공을 선회했다. 다른 비행기들이 먼저 속속 내리며 게이트를 얻지 못했다. 공항의 한쪽 벌판에서 이동식 트랩을 통해 내려 청사까지는 버스로 이동해야 했다. 나는 얇은 카디건 차림이었다. 출구에서 굿바이 인사를 하던 스튜어디스가 밖이 많이 춥다며 걱정했다.

까만 밤하늘로부터 흰 눈이 펑펑 쏟아져 내리고 있었다. 공항 한쪽의 벌판은 이미 온통 눈 세상이었고, 트랩의 계단참에도 벌써 눈이 쌓여 있었다. 서울에서도 그것은 첫눈이었다. 그해의 첫눈이 내리던 날, 나는 내가 처음 왔던 곳으로 돌아왔다.

하지만 그곳에도 이제 내가 있을 곳은 없었다.

혼자 방을 얻고 아르바이트를 해가며 대학 입시를 준비했다. 엄마는 더 이상 내 학비를 보조해줄 여력이 없었다. 독일에 있는 아버지와는 이미 오래전에 연락이 끊겼다. 히데오가 다달이 돈을 보내주겠다고 했지만 거절했다. 당분간은 내 힘으로 살아가겠다고 했다. 일주일에 한 번씩 오던 전화가 한 달에 한 번으로 뜸해졌다. 내가 대학에 들어가고 그가 한 번 한국으로 왔다. 2박 3일을 함께 보내고 돌아가고, 일 년도 되지 않아 그가 전화로 말했다.

사랑하는 사람이 생겼어.

그렇게 우리는 완전히 이별을 했다.

시간이 흘렀다. 기억이 쌓였다. 잊어야 하는 일들이 쌓여가고 잊지 못할 일들이 쌓여갔다. 마음의 빗장을 단단히 동여맸지만, 때론 잊힌 것들을 끄집어내어놓고 앉아 봄나물을 다듬듯 풋풋한 기억들을 다듬었다. 잠긴 빗장 사이로도 시간이 흘렀다. 기억이 쌓이지 않도록 조심조심, 그렇게 시간을 흘려보냈다.

5

이 땅의 끝에도 어둠이 내렸다. 내려오는 길은 가로등이 켜 있는데도 어두웠다. 발을 헛디뎌 낭떠러지로 구르지 않도록, 구르다 바다로 빠지지 않도록 조심하며 천천히 내려왔다.

전망대가 있는 마을을 벗어나면 사방이 어둠뿐일 것이었다. 앞뒤 분간도 할 수 없을 그 어둠을 헤치며 산길을, 들길을, 바닷 길을 빠져나갈 엄두가 나지 않았다.

전망대로 들어오다 보니 바닷가 언덕 위에 작은 호텔이 있었 다. 그쪽으로 길을 되짚어 내려갔다. 다행히 빈방이 있었다. 생 각보다 깔끔하고 아늑하고 따뜻했다. 뜨거운 물로 샤워하고 간 편한 옷으로 갈아입었다. 호텔 로비 한쪽에 있는 카페를 겸한 레스토랑에서 저녁으로 샌드위치를 먹으며 맥주를 마셨다. 맥 주를 더 사가지고 방으로 올라왔다. 티브이를 틀어놓고 맥주를 마시다가 스마트폰으로 인터넷 뉴스를 보고 SNS를 들여다보 다가 깜빡 잠이 들었다.

깜빡 잠이 들었다고 생각했는데 벌써 아침이었다. 바닷바람 이 부는 주변을 산책하고 방으로 올라와 짐을 꾸렸다. 짐을 들고 방을 나서려 할 때 재영으로부터 전화가 걸려왔다. 여덟시 삼십분, 재영이 이제 막 집을 나섰을 시각이었다. 밤새 잠잠했지만 그는 또 하루 종일 전화할 게 뻔했다. 휴대폰에서 배터리를 분리시켰다.

차에 올라 시동을 걸었지만 딱히 어디로 가면 좋을지 알 수 없었다. 휴대폰을 켜서 검색해볼까 하다가 관광 안내소에서 얻은 지도를 찾아 펼쳤다. 바로 옆이 완도였고 그 위로 강진과 장흥을 거쳐 보성이었다. 완도로 들어가 해안선을 따라 한 바퀴 돌고 보성으로 올라가기로 했다. 일단 완도항으로 내비게이션을 찍었다.

아침 안개가 아직 엷게 껴 있는 해안도로를 구불구불 달렸다. 몇 개의 굽이를 돌다 만난 포구 마을의 방파제에는 낡은 어선이 묶여 있고, 철 지난 해수욕장의 모래사장이 텅 빈 채 펼쳐져 있었다.

들길로 들어섰다. 야트막한 산자락이 들판 너머로 끊어질 듯 이어지고, 끊어질 듯 이어졌다. 다시 바닷길을 만나 완도대교를 넘었다.

완도 입구의 작은 마을을 지나자 제법 높고 푸른 산등성이가 길 가까이로 다가들었다. 금세 완도수목원이라는 이정표를 만났다.

이정표를 만난 순간 가슴이 쿵 하고 내려앉더니 몹시 두근거리기 시작했다. 깊은 숨이 쉬어지지 않고 가슴이 답답해지고 정신이 아득해졌다. 차를 세우고 싶었지만 갓길도 없는 왕복 6차선 도로였다. 길가도 가드레일로 막혀 빠져나갈 수 없었다. 이를 악물고 차를 몰아갔다. 두 번째 이정표가 나타나고 그쪽으로 나가는 길이 나와 얼른 핸들을 틀었다. 길 한쪽으로 차를 세우고 안전벨트를 풀었다. 머리를 뒤로 젖히고 가슴을 펴고는 깊게 숨을 들이쉬고 내쉬었다.

느닷없이 꾸역꾸역 슬픔이 몰려들었다. 눈물도 흘릴 수 없는 마른 슬픔이 몸속 어딘가로부터 꾸역꾸역 치받쳐 올라왔다.

다시 돌아갈 수 없는 어린 날, 깊은 상처를 남겼지만 달콤하고 애틋했던 시절에 대한 그리움 때문인지, 지금 막 떠나온 것들에 대한 상실감 때문인지는 알 수 없었다.

창문을 내리니 해풍에 섞인 솔 향이 훅 하고 끼쳐 들었다. 앞 유리창 밖으로는 녹음 짙은 산자락이 제법 높고 넓게 펼쳐져 있었다.

지도를 펼쳐 여기가 어디쯤인지 확인했다. 지금 서 있는 길 끝의 저 산은 수목원이 있는 산자락의 일부였다. 입구는 여기서 8킬로미터쯤 더 들어가야 했다.

지도를 접어 조수석에 던져두고 차를 돌렸다. 수목원 쪽으로 가다가 완도대교로 나가는 자동차 전용도로를 되짚어 탔다. 내비게이션이 자꾸만 옆길로 빠져 돌아가는 길을 안내했다. 내비게이션의 최종 목적지는 완도항이었다. 목적지를 취소하고 생각나는 대로 부산시를 입력했다. 차를 몰아가며 입력하느라 몇 번이나 차선을 넘어가고 가드레일을 들이받을 뻔했다. 다른 차들이 자꾸 경적을 울리며 나를 추월해갔다.

너무 멀리 왔다. 너무 멀리 왔다. 너무 멀리 왔다는 생각만 들었다. 그런데 내가 돌아갈 곳이 있기는 했던가. 내 집이, 내 공간이, 내 오피스텔이 아직 거기 그대로 있을까. 처음부터 거기 실제로 있기는 했을까. 나는 어디로부터 온 것일까. 그리고 또 어디로 가고 있는 것일까.

고속도로 이정표를 만나고서야 조금씩 안정이 되어갔다. 그래, 도시로 가자. 황량한 벌판과 끝도 없이 펼쳐진 바다 말고, 높은 빌딩이 있고 사람들이 있는 익숙한 도시로 가자.

고속도로를 타고도 한참을 더 달려서야 휴게소를 만났다. 주차를 하고 차에서 내리는데 휘청하며 무릎이 꺾였다. 세 시간을 넘게 가속 페달만 밟아댔더니 온몸의 힘이 모두 풀려 있었다. 그러고 보니 아직 아침도 먹지 못했다. 벌써 점심때가 다 되어가고 있었다.

섬진강에서 채취했다는 재첩국으로 아침 겸 점심을 먹고 커피 한 잔을 사 들고 건물 밖 벤치에 나가 앉았다. 환한 햇살이 제법 따스하게 내리비치고 있었다. 하늘이 푸르러 바다 빛깔과 같았다.

나는 지금 무엇으로부터 도망치고 있는 걸까. 좀 더 천천히, 그래 천천히 가도 되는 거잖아. 어차피 목적지도 없이 떠나온 길이 아니었던가.

관광 안내소에서 주변 지역의 안내 책자들을 전부 얻고, 차에서 지도책도 가지고 나왔다. 하동이 꽤 가까운 거리에 있었다. 19번국도를 타고 섬진강 변을 따라 올라가면 하동을 지나 평사리였다. 평사리에는 박경리 선생의 『토지』를 드라마로 각색하여 찍은 세트장인 최참판댁과 문학관이 있고, 조금 더 올라가면 화개 장터와 쌍계사가 있었다.

천천히 둘러보다 해가 지면 고즈넉한 산사에서 하룻밤 묵는 것도 나쁘지 않을 것이다. 대웅전에 들어 백팔 배를 올리고 목탁 소리와 독경 소리와 밤 뻐꾸기 우는 소리를 들으며 무념무상 잠에 들어도 좋겠다.

산사의 아침, 나지막이 울리는 풍경 소리에 깨어 일어나면 오늘의 나와는 또 다른 내일의 내가 기다리고 있지 않을까.

벤치에서 일어나 푸른 하늘과 환한 햇살을 향해 가슴을 펴고 심호흡을 하며 가볍게 스트레칭으로 몸을 풀었다. 느닷없이 발작처럼 찾아들었던 슬픔의 근원을 오늘은 산사의 경내에서 우연히 만난 스님께 여쭐까.

19번국도를 타고 북쪽으로 올라갔다. 평사리를 한 바퀴 돌고 화개 장터를 둘러보고, 쌍계사로 올라가니 예견했던 대로 해가 졌다. 집을 떠나와 길 위에서 밤을 맞고, 이 땅의 끝이자 바다의 시작인 땅끝에서 밤을 맞고, 이제 깊은 산사에서 밤을 맞는다. 내일은 또 어디에서 어떤 밤을 맞게 될까.

다음 날도 여행은 계속되었다. 남쪽으로 되짚어 내려와 해안선을 따라 여수와 남해로 들어갔다가 통영과 거제를 거쳐 부산으로 넘어갔다. 지치면 아무 곳에서나 쓰러져 자고, 배가 고프면 아무것이나 먹고 계속 달렸다.

해안선을 따라가다 보니 고리원전 지역으로 들어서게 됐다. 미처 예상하지 못했던 코스였다. 재빨리 그곳을 지나쳤다. 지나치면서도 이곳에서 일하는 사람들이 있고 인근에 사는 사람들도 있는데, 하는 생각이 들어 미안해졌다. 그래도 우리나라의 가장 오래된 원전이 있는 지역이었다. 낙후된 시설로 인해 안정성에 대해 의심하는 목소리들이 높았다. 께름칙하고 무서운 기분이 드는 것은 어쩔 수 없었다.

경주를 둘러보고 나와 7번국도를 타고 북상했다. 남쪽의 바닷길과 동쪽의 바닷길의 풍광이 사뭇 달랐다. 울진, 삼척, 강릉을 거쳐 고성의 통일전망대까지 올라갔다가 진부령을 넘어 양구 쪽으로 빠져 화천으로 향했다. 숙소를 찾아 샛길로 들어섰다가 보이는 것이라고는 내 차의 전조등 불빛뿐인 깊고 깊은 산속에서 길을 잃었다. 어둠 속에 웅크리고 있을 낯선 것들에 대한 공포로 정신없이 달리다가 도로가 유실된 벼랑 끝에 가까스로 멈춰 서기도 했다. 바다로 섬으로 산으로 떠돌다, 떠난 지 일주일 만에 집으로 돌아왔다. 다시 밤이 내려 깊어가고 있었다.

현관문을 열고 들어서자 오래 밀폐되어 있었던 실내의 공기가 탁하게 느껴졌지만, 주방의 식기건조대에는 재영이 평소 사용하던 컵이 깨끗이 닦여 엎어져 있었다. 티브이도 스포츠 채널에 맞춰져 있고 침대 스프레드도 구겨져 있었다.

여행 가방을 풀고 분리해놓았던 휴대폰 배터리를 끼웠다. 부재중 전화며 메시지들이 뒤늦게 들어오느라 쉴 새 없이 알림이 울렸다. 너무 시끄러워서 무음으로 변환했다. 부재중 전화가 82통, 카카오톡 메시지가 256건, 일반 문자메시지가 15건, 음성 메시지가 7건, 거의 재영으로부터 온 것이었고, 장 실장과 홍 대리로부터 온 것도 일부지만 있었다. 모두 확인하지 않고 그대로 삭제했다. 재영의 아내로부터는 한 건도 들어와 있지 않았다. 라멘 가게 사장 아저씨도 전화 한 번, 메시지 하나 남긴 게 없었다.

나는 내게 먼저 물었어야 했다

1

휴대폰을 새로 마련했고, 사직서를 작성하여 팩스로 보냈다.

아침에 일어나 오전 중에 한 일이었다.

오후에 빈집에 쌓였던 먼지를 털어내고 호수 공원으로 산책을 나갔다.

호숫가로 난 산책로를 따라 한 바퀴 도니 꼭 한 시간이 걸렸다. 종아리가 뻣뻣했지만 몸이 더워지고 기분도 좋아졌다.

집으로 돌아가는 길에 출출하여 라멘 가게에 들렀다.

저녁 손님이 몰려들 시간이 되어가는데 사장 혼자 주방에서 재료를 손질하고 있었다.

"오랜만이네. 어디 다녀왔나?"

"여행이요."

"국내?"

"해안선 따라 한 바퀴 돌았어요."

"혼자?"

"네, 혼자. 지용인 어디 갔어요?"

"형님 기일. 형수님 모시고 산소 갔어. 난 어제 따로 다녀왔고."

딸랑, 문에 달린 종소리가 울리고 젊은 남녀 커플이 가게로 들어섰다.

아저씨가 주방에서 나와 메뉴판을 챙길 동안 젊은 커플이 창가 쪽으로 자리를 잡았다. 나는 주방으로 돌아 들어가 종지에 삶은 콩과 절인 오이를 담았다. 홀에서 바로 가져갈 수 있도록 주방 턱에 올려놓고 내 몫으로 하나씩 더 담았다. 무쇠 주전자에 물을 담아 렌지에 올려 불을 댕기고 청주를 조그만 술병에 따랐다. 술이 데워지기를 기다리는 동안 아저씨가 주문을 받아 돌아왔다.

"잘하네. 슬슬 회사 그만두고 우리 가게에 취직하지?"

"그럴까요, 그럼?"

언제 봐도 그의 웃는 얼굴은 참 보기 좋았다. 어떤 허위나 가식도 끼어들 틈이 없는 순순한 미소. 적당히 따뜻하고 적당히 쓸쓸해 뵈는 그의 얼굴에 참 잘 어울리는 웃음.

내 웃는 모습은 어떨까. 사진에 찍힌 얼굴은 각도와 빛에 따라 달라진다. 거울을 보면서 웃는 웃음도 진짜 웃음은 아닐 것이다. 웃는 얼굴이든, 우는 얼굴이든, 진짜 내 얼굴을 나는 한 번도 본 적이 없었다.

아저씨는 주방에서 부지런히 음식을 만들고 나 혼자 술잔을 홀짝이고 있을 때, 지용이 가게로 들어섰다. 어머니를 모셔다 드리고 서둘러 나왔다고 했다. 지용은 옷부터 갈아입어야겠다며 주방 뒤의 창고로 들어갔다.

아저씨가 완성된 요리를 접시에 담아 내 앞으로 내놨다. 빈 속에 술부터 마시지 말고 일단 먹고 있으라고 했다. 차돌박이 채소볶음이었다. 주문받은 것을 만들고 있는 줄 알았는데 물어보지도 않고 내 몫을 먼저 챙겼던 모양이다.

"그래도 좋아 보여 다행이네. 사실, 안 보여서 내내 걱정했거든."

그러고 보니 어떻게 갔는지도 모르게 그의 집까지 가서 자고 아침에 살그머니 나온 게 마지막이었다.

"걱정은 무슨, 전화 한 통 안 하셔놓고."

공연히 쑥스러워 퉁명스럽게 말했다.

"혼자 내버려둬야 할 때도 있는 거니까."

옷을 갈아입고 나온 지용이 주문 전표를 들여다보더니 서둘러 냄비에 육수를 덜어 렌지에 올렸다. 냉장고에서 생면을 꺼내놓고, 손질하여 쟁반에 수북이 담아놓은 채소와 고기를 번갈아 꼬치에 끼웠다.

"삼촌, 나 없다고 장사 이렇게 할 거야? 이것도 아직까지 안 끼워놓으면 어떡하냐고!"

"아, 네에. 죄송합니다, 작은 사장님."

지용은 재빨리 손을 놀려 꼬치를 끼우면서도 계속 투덜거렸다. 아저씨와 나는 서로 눈을 맞추고 소리는 내지 않고 눈빛으로만 웃었다.

연이어 손님들이 밀려들었다. 지용과 아저씨는 바쁘게 움직였다. 혼자 술을 홀짝이다가 틈틈이 지용과 아저씨와 이야기를 나누다가, 일손이 너무 달려 나도 자리에서 일어섰다. 주문과 정리 정도는 나도 도울 수 있었다. 아저씨가 오늘은 사양하지 않겠다면서 아르바이트 일당도 쳐주겠다고 했다.

"콜!"

나는 한 손에 메뉴판을 든 채로 한 손으로 엄지와 검지로 오케이 사인을 만들어 보였다.

저녁 시간이 지나 밥 손님들이 빠지고 술이 들어간 몇몇 테이블만 남았다. 지용이 빈 그릇을 쟁반 가득 담아 주방으로 들여주고, 먼저 와 쉬고 있던 내 옆에 앉았다. 다리를 주무르며 배가 고프다고 투덜거렸다. 아저씨가 설거짓거리를 개수대에 쌓아놓고 지용 몫의 밥을 볶았다.

"엄마가 삼촌 잘 있냐고 묻더라."

"엄마도 잘 계시지?"

"몰라. 나도 엄마랑 거의 한 달 만에 본 거라."

"그러게 자주 좀 찾아가 뵈라니까."

"그러게 말이야. 근데 내년부턴 삼촌이랑 나랑 둘이 다녀야겠더라. 엄만 이제 자주 가기 힘들 거 같아."

"그분이랑 결국 합치기로 하셨나?"

"그런가 봐. 오래도 쫓아다녔잖아, 그 아저씨."

지용은 심상하게 말했지만 아저씨의 얼굴에는 슬쩍 그림자가 졌다. 나무 주걱으로 밥을 뒤적여 볶으면서도 다른 생각에 빠져 있는 듯했다. 손님들이 자리에서 일어서서 지용이 얼른 카운터 앞으로 가서 섰다. 손님들이 계산을 하고 나가고 지용이 테이블을 치우는 동안에도 그는 계속 밥만 볶았다.

"그거, 탈 거 같은데."

"응?"

그제야 정신이 들었는지 그가 얼른 프라이팬을 불 위에서 내렸다.

"사연이 좀 있나 봐요?"

"응? 응…… 아니, 사연이랄 것도 없지, 뭐."

"형님 돌아가신 지 얼마나 됐어요?"

"이십일 년."

"그럼 지용이 어머님은 이십일 년 동안 계속 혼자?"

"그랬지. 너무 오래 혼자 사셨지."

그의 표정이 여전히 무겁고 어두웠다.

"서운해요?"

"서운하긴……. 아냐, 그런 거."

지용이 빈 그릇들을 쟁반 가득 담아 들고 와서 우리의 이야기는 거기에서 중단됐다. 다소 어둡고 무거웠던 그의 얼굴이 펴졌다. 펴려고 노력하는 듯 보였다. 볶은 밥을 그릇에 담아 김치와 함께 내놨다. 지용이 그걸 받아 게걸스럽게 먹어치웠다.

"천천히 좀 먹어라. 체한다."

지용 몫의 미소시루를 담아 내주며 아저씨가 말했다. 내 몫으로는 청주 한 병을 데워 내주고 설거지를 하기 시작했다. 새로 데운 청주를 나는 지용과 나눠 마셨다.

"참, 아버지 묘지 계약 기간 끝나가는 거 같던데, 관리 사무소에서 연락받았어?"

지용이 아저씨에게 물었다.

"응, 받았다."

"연장할 거야?"

"글쎄, 생각 중이다."

"삼촌이 저번에 얘기한 대로 거기 정리하고 내년부터는 절에서 모시는 건 어때? 그동안 나 때문에 계속 그대로 뒀던 거잖아?"

"그랬지."

"엄마도 이젠 반대하지 않을 거 같고."

"괜찮겠냐?"

"어차피 가묘잖아."

"가묘?"

지용을 쳐다보며 내가 물었다.

"빈 묘지예요" 지용이 대답했고, "사고로 돌아가셨는데, 시신을 못 찾았어" 그가 설명했다.

"아!"

뭔가 사연이 많은 듯했지만 뭐라 묻기도 그래서 가만있었다. 그들도 그에 대해서는 더 이상 대화를 이어가지 않았다.

슬슬 취기가 돌며 몸이 나른해졌다.

"그만 들어가봐야겠어요."

"왜, 끝내고 같이 한잔 더 하지."

"오래 있었잖아요."

지용이 자기도 오늘은 삼촌네서 잘 거라며 붙들었다. 아저씨는 여독도 풀리지 않았을 텐데 안 하던 일까지 했으니 피곤하겠다면서 미안해했다.

"잠 안 오면 다시 나올게요."

"꼭이요, 누나!"

"그래, 꼭!"

"아, 참. 잠깐만 기다려봐."

아저씨가 얼른 손의 물기를 닦고는 주방에서 나왔다. 카운터 밑에서 투명한 파일철을 꺼내 건넸다.

"이게 뭐예요?"

"오늘 일당."

"일당?"

"응, 수목원 리스트."

"수목원 리스트?"

"도쿄와 오사카 사이에 있는 수목원들 말이야."

"아!"

혹시 몰라 일본 전역의 수목원을 다 조사해보았단다. 일본 포털 사이트에 들어가 검색해보고, 일본 산림청으로 전화도 해보고 정리한 것이라고, 그러니 빠진 것은 아마도 없을 거라고. 수목원의 이름과 주소와 홈페이지가 A4 한 장에 줄줄이 타이 핑되어 있었다.

지나가는 말로 흘린 것을 어찌 잊지 않고 기억했을까. 이렇게 알아봐서 정리하려면 시간은 또 얼마나 걸렸을까.

"일당으로는 좀 세지? 고객 관리 차원이라고 해두자. 우리 마츠리의 골수 단골이잖아."

기억하지 못하고 있을 뿐, 어쩌면 나는 그날 술에 취해 주저

리주저리 모두 떠들어댔는지도 몰랐다. 어디까지 얘기했을까. 왜 이 사람만 만나면 나는 무장해제가 되고 마는가.

그를 똑바로 쳐다보기 민망했다. 고개를 푹 숙인 채로 고맙다고 중얼거리듯 인사했다. 그가 뭐 별말씀을, 하며 웃었다. 그리고 가게를 나서는 나를 문밖까지 배웅했다.

어쩌면 아저씨도 취기를 빌려 내게 어떤 이야기들을 했을 수도 있었다. 예를 들면 오늘 그와 지용이 주고받았던 말들의 디테일한 사연들. 어쩌면 오늘 내가 물은 말들은 그때도 물었고, '서운하긴…… 아냐, 그런 거'라고 했던 그 말줄임표 안에는 그때 이미 내게 했던 이야기들의 일부분이 들어 있었을 수도 있었다.

집으로 걸어오는 동안 지워진 그날의 기억 속을 곰곰이 뒤져봤다. 내가 주절거렸을 법한 말들이 단편적으로 떠올랐다.

내가 사랑하는 사람은…… 그도 그런 말을 했던 것 같았다. 그리고 또 어떤 말들을 했더라. 어쩌면 우리는 내가 기억하고 있는 것보다 서로에 대해 더 잘 알고 있는지도 몰랐다.

2

씻고 바로 잠자리에 들었지만 잠이 오지 않았다. 가게로 다시 나가볼까도 생각했지만 그러기에는 몸이 너무 무거웠고 오늘은 어쩐지 두 사람만 있도록 두는 게 나을 것 같았다.

잠자기를 포기하고 잠자리에서 빠져나왔다. 노트북을 켜고 구글 사이트로 들어갔다. 아저씨가 적어준 목록에서 첫 줄에 적힌 수목원의 홈페이지를 찾아 들어갔다. 지도 창을 따로 띄워놓고 정확한 위치를 확인하고 언제부터 조성되었는지, 규모와 서식 수종에는 어떤 것들이 있는지 살폈다. 어려운 한자는 히라가나로 잘 읽어낼 수 없었지만 의미를 파악하는 데는 별다른 어려움이 없었다.

책장에서 사진첩을 꺼내왔다. 그때 그 수목원의 풍경이라 여겨지는 것들을 찾아 들여다보며 기억을 더듬었다. 자작나무 숲과 허브 정원, 사진에는 없지만 혹시 그곳이 아닐지도 모르지만 몇 그루의 연리 나무들이 있었던 곳. 홈페이지에 실린 사진과 비슷한 나무나 꽃들이 있는지 비교해봤다.

첫 번째 창을 띄워놓은 채로 따로 창을 띄워 두 번째 주소로 들어갔다. 그곳은 습지가 많아 습생식물이 주로 서식하는 곳이었다. 수목원이라기보다는 큰 규모의 식물원에 가까웠다. 이름도 하코네 습생식물원이었다.

세 번째 홈페이지의 주소를 입력하고 있을 때 현관 밖에서 인기척이 들린 듯하여 손을 멈췄다. 귀를 기울이고 기다렸지만 다른 아무 소리로도 연결되지 않았다.

다시 자판에 손을 얹는데 느닷없이 초인종이 울렸다. 열한시 삼십이분. 이 시간에 초인종을 울릴 사람은 단 한 사람뿐이었다. 책상 앞에 앉은 채로 현관 쪽을 돌아다봤다. 주방의 가벽에 가려 현관문은 보이지 않았다.

머뭇거리는 듯한 초인종 소리가 이번에는 좀 더 길게 울렸다. 가만히 일어나 집 안의 불을 모두 껐다. 이번엔 성급하고도 짧게 두 번.

이윽고 잠금장치의 키판을 여는 소리, 이내 익숙하게 비밀번호를 누르는 소리.

그러나 문은 열리지 않을 것이다. 어젯밤 집으로 돌아왔을 때, 재영이 다녀간 것을 확인하고 비밀번호를 바꿨다.

재영이 처음부터 다시 비밀번호를 눌렀다. 문이 열리지 않자

조심스럽게 현관문을 두드렸다. 그 소리를 들으며 어두운 현관 앞 복도 벽에 기대어 앉았다.

"이수야, 안에 있는 거 다 알아. 이수야."

문을 두드리는 소리가 커졌다.

"잠깐만, 얘기 좀 하자. 이수야. 이수야, 내 말 듣고 있니?"

듣고 있었다. 아주 잘 들렸다.

"네 뜻은 충분히 알겠어. 그래, 그래야겠지. 미안해. 내 선에서 잘 처리했어야 했는데, 찾아오게까지 해서 미안해. 그런데 이수야……."

그가 문밖에서 중얼거리는 말이 계속 이어졌다가 끊어졌다.

벽에 기대앉아 웅크린 채 두 팔로 다리를 감싸고 무릎 사이에 얼굴을 묻었다. 처음부터 그의 잘못이 아니었다. 차 대리와 그와의 관계는 확인되지 않았다. 그의 아내가 의심스럽다고 조목조목 얘기했던 부분들은 모두 나의 흔적이었다. 나는 저 사람을 이렇게까지 비겁하고 비참하게 만들 권리가 없다. 하지만 달라질 것은 없었다. 미안하다고 말하는 순간 저 문을 열게 될 것이고, 저 문을 여는 순간 우리는 다시 시작하게 될 것이다.

문밖이 조용해졌다. 그래도 인기척은 계속 들렸다. 그가 서성일 때마다 부스럭대는 소리. 양복 위에 입은 점퍼에서 나는 소리일 것이다. 그런 소리가 나는 점퍼를 알고 있었다. 갑자기 날이 추워졌던 지난겨울, 춘추 양복 차림으로 함께 거래처에 나갔다가 돌아오는 길에 내가 골라줬다.

현관 앞 복도 바닥이 차가웠다. 서늘한 냉기가 발목까지 감겨 올라왔다. 바닥에 닿은 엉덩이가 시렸다. 벽에 기댄 등이 시렸다.

"이수야……."

문밖에서 재영이 다시 나를 불렀다.

"그래, 갈게. 그러니까, 회사는 꼭 나와. 아무 일도 없었던 것처럼, 웃으면서 보자. 알았지?"

그럴 수 있을까? 아니, 우리는 이제 그럴 수 없다.

그러고도 그는 한참 동안 문밖에서 서성였다. 서성이다가, 진짜 간다……, 라고 말하고는 잠시 또 머뭇거리다 천천히 멀어져갔다.

내가 들여다보던 노트북 화면이 화면 보호 기능으로 바뀌어 있었다. 캄캄한 집 안에서 빛이라고는 그 안에서 뿜어내는 파란 불빛뿐이었다. 제 앞의 공간만 어둑하니 비춰주는 네모난

빛 안에 사진첩과 사진들이 어지러이 놓여 있었다.

책상 앞으로 돌아와 앉았다.

수목원 사이트를 닫고 항공권 예매 사이트로 들어갔다. 인천 공항에서 나리타로 가는 가장 빠른 항공권을 검색했다. 아침 아홉시에 출발하는 아시아나항공이 있었다. 돌아오는 날짜 앞에서 망설이다가 편도로 예매했다.

나리타에서 엄마네 동네까지는 어떻게 갔었지?

십오 년 만이었다. 그동안 나는 한 번도 가지 않았고 일 년에 한두 번 엄마가 왔다. 가는 방법은 당연히 생각나지 않았고, 그동안 변하기도 많이 변했을 것이다.

구글 지도에서 길찾기로 검색했다. 공항에서 스카이라이너를 타고 사십 분쯤 가다가 오미야행 게이힌토호쿠노 선으로 갈아타야 했다. 환승역의 역명이 서로 달랐다. 도보로 육 분. 도쿄의 어딘가 환승 통로를 통해 바로 연결되지 않는 역들이 있었다. 환승을 하려면 역사에서 나와 다른 쪽 역사까지 횡단보도를 두 번이나 건너야 했다. 그게 아무래도 여기였던 것 같았다.

지도를 확대해서 확인했다. 그곳이 맞았다. 한인타운이 있고 한인들이 많이 모이는 공원이 있는 곳. 신기하게도 역사 앞에 있었던 자전거 거치대와 첫 번째 횡단보도를 건너 지상 전철 아래 굴다리를 통과하는 길과 깨진 보도블록이 많아 트렁크를 끌기에 불편했던 일들까지 바로 어제인 듯 생생하게 떠올랐다.

창가로 가서 아득한 저 아래, 건너편 거리에 아무도 없다는 것을 확인하고, 재영이 진짜로 갔다는 것을 확인하고 집 안의 불을 모두 켰다. 캐리어를 꺼내놓고 짐을 싸기 시작했다. 얼마나 머물게 될지 알 수 없어, 짐을 싸면서도 자꾸 손을 멈추고 망설였다. 넣었던 것을 꺼냈다가 꺼냈던 것을 다시 넣었다.

3

일 년에 서너 번씩 해외 출장을 다녔으면서도 공항의 느낌이 사뭇 달랐다.

티켓팅을 하고 바로 출국장으로 들어갔다. 면세점도 들르지 않고 곧장 게이트로 향했다. 게이트가 열리기를 기다리며 한쪽 벽면이 유리로 된 탑승장 앞에 앉아 있었다. 하늘이 푸르고 시계가 맑았다. 대형 여객기들이 탑승구마다 정차해 있고, 대형 전동

카트들이 오가며 승객의 짐과 기내식을 실었다. 이제 막 활주로에서 빠져나와 지정된 게이트를 찾아 천천히 들어오고, 이제 막 탑승구를 닫고 후진하는 여객기에 탄 승객들이 느끼는 감정의 온도 차는 사뭇 다를 것이다. 출발과 도착, 떠남과 돌아옴.

나는 어느 쪽일까.

태어나서 자란 곳, 지난 십오 년 동안 공부하고 일하며 내 인생의 대부분을 보낸 곳은 이곳이다. 그런데 왜 자꾸 돌아가고 있다는 느낌이 들까. 나의 영원한 고향일 엄마가 있고, 삼 년이라는 짧은 시간이었지만 가장 강렬했던 삶의 체험과 기억이 있는 곳. 어쩌면 그래서일 것이다.

나리타공항에 내리자마자 엄마에게 전화하려다 하지 않았다. 아직 열두시도 되지 않았으니 엄마는 한참 숙면 중일 것이다.

여행객을 위해 특화된 스카이라이너는 트렁크를 실어 고정시킬 수 있는 칸이 따로 있었다. 좌석도 여객기의 이코노미석보다 훨씬 더 넓고 쾌적했다.

열차가 출발하여 들판을 달리다가 강을 건너 번화가로 들어섰다. 기찻길 옆으로 특유의 아담한 목조건물들이 지나가고,

운전석이 왼편에 있는 차들이 한국과는 진행 방향이 반대인 도로 위를 달렸다.

고층 빌딩이 즐비한 도쿄 시내로 들어서 한강보다도 강폭이 넓은 강을 건넜다. 아라카와 강일 것이다. 엄마네 집으로 가려면 열차를 갈아타고 이 강의 상류 쪽을 다시 건너야 한다.

그쪽 강변에서는 여름마다 불꽃놀이가 펼쳐졌다. 어느 해인가 유카타를 차려입고 히데오와 어두운 강변의 잔디 언덕을 넘다 슬리퍼 한 짝이 벗겨진 적이 있었다. 어디로 굴러갔는지 보이지 않아 나는 한쪽 발을 든 채로 서 있고, 히데오가 어두운 풀숲을 뒤져 겨우 찾아 신었지만 아직 자리도 잡지 못했는데 캄캄한 하늘로 솟아오른 빨강, 파랑, 거대한 불꽃이 터져 내리고, 그 빛이 하늘을 수놓고 강물 위로 떨어지고…….

환승역인 우에노 역 근처는 십오 년이 지났는데도 달라진 점이 거의 없어 보였다. 엄마네 집과 가게가 있는 니시가와구치 역 근처는 더욱 그대로였다. 시간이 멈춘 듯 히데오를 처음 만났던 라멘 가게도 그 자리에 그대로 있었다. 역사 옆의 맥도날드 건물도, 길 건너편 찻집도 그대로였다.

엄마가 가라오케를 접고 새로 연 선술집은 더 안쪽에 있다고 들었다. 집도 역에서 더 먼 곳으로 이사했다고 들었다. 스마트폰으로 지도 앱을 띄워 엄마 집의 새 주소를 찍었다.

화려한 깃발들이 내걸린 상점가를 지나고 내가 좋아했던 크로켓 가게 앞을 지났다. 엄마가 털실을 사곤 하던 수예점 앞을 지나고, 다카하시 상의 친구가 한다는 초밥집 앞을 지났다. 횡단보도를 건너 트렁크를 끌며 예전에 살던 골목으로 들어섰다. 히데오도 오래전에 다른 곳으로 이사했다고 들었다. 그가 살던 집도 헐려 새 건물이 들어섰다고 들었다. 듣던 대로 그의 집이 있었던 흔적은 어디에도 없었다.

골목을 따라 한참을 더 들어가서야 나타난 엄마의 새집은 낡은 이 층짜리 목조건물이었다. 외부로 난 철제 계단을 올라가자 현관이랄 것도 없는 나무 문 옆에 엄마의 이름이 적힌 나무 토막이 걸려 있었다. 초인종이 어디에 붙어 있는지도 찾을 수 없어 나무 문을 두드렸다. 인기척이 없었다. 아직 가게로 나갔을 시각은 아니었다. 몇 번을 더 두드리며 엄마, 하고 부르자 안에서 일본어로 누구냐고 묻는 엄마의 목소리가 들렸다.

"엄마, 나."

빗장을 벗기는 소리가 들리고 문이 열렸다.

자다 일어난 듯 부스스한 머리를 하고 엄마가 멍하니 나를 쳐다봤다. 아직도 자신이 꿈을 꾸고 있나, 하는 표정이었다.

"꿈 아냐."

나는 웃으며 엄마의 어깨를 툭 쳤다.

"야!"

엄마의 눈에 금세 눈물이 글썽해졌다.

"하지 마, 하지 마."

트렁크를 먼저 안으로 밀어 넣었다.

"다다이마(ただいま, 다녀왔습니다)!"

예전에 항상 집으로 돌아오면 하던 인사를 하며 안으로 들어갔다.

주방이랄 것도 없는 좁은 통로 한쪽으로 싱크대가 있고 미닫이문 너머로 여섯 장의 다다미가 깔린 방이 하나 있었다. 싱크대 앞의 통로 한쪽으로 나 있는 문은 욕실 겸 화장실인 모양이었다. 대부분의 집들이 욕실과 화장실이 분리된 형태인데, 문이 하나인 것으로 보아 여기는 그렇지 않은 모양이었다. 그럴 만한 공간도 없어 보였다.

"어떻게 된 거야?"

"뭘 어떻게 돼, 휴가 왔지."

"갑자기 왜? 무슨 일 있어?"

"일은, 무슨. 그냥 왔어. 왜, 안 반가워?"

"어우, 얘가 진짜."

엄마는 기어이 눈물을 쏟았다. 내 목을 끌어안고 뒷머리를 쓰다듬으며 등을 두드리고 엉덩이를 두드렸다.

"아유, 이게 뭐 하는 짓이야. 다 늙은 딸한테."

엄마를 떼어놓고 싱크대 옆의 작은 냉장고를 열었다. 기대했던 대로 투명한 유리병에 끓인 보리차가 담겨 있었다. 식기 건조대에 엎어놓은 컵을 들어 보리차를 따라 마셨다. 엄마가 끓인 보리차 맛은 언제 마셔도 좋았다. 적당히 구수하고 달고 시원했다. 한국에 와서 내 집에 머물 때에도 항상 이렇게 끓여놓곤 했는데, 엄마가 간 뒤에 같은 제품으로 같은 방식으로 끓여도 절대 이 맛이 나지 않았다.

"온다고 전화라도 하지. 그럼 방이라도 하나 잡아놨을 거 아냐."

"그럴까 봐 그냥 왔어. 여기도 좋은데, 뭐."

"불편해서 어떻게 있으려고."

"괜찮아. 오래 있을 것도 아닌데."

"며칠이나 있을 건데?"

"몰라, 아직."

"뭐야, 휴가라며? 회사 그만둔 거야?"

"아직은 휴가야. 나오라고 나오라고 난린데, 내가 쉬고 싶어서 버티는 중이야."

"진짜 무슨 일 있는 거 아니지?"

"아니라니까!"

엄마는 방에 깔려 있는 이불을 차곡차곡 개서 벽장에 넣었다. 주방이며 방 안이며 벽장이며, 평소 성격대로 깔끔하게 정돈되어 있었지만 그 많았던 옷과 화장품과 장신구들은 다 어쨌는지 살림이 무척이나 단출해져 있었다.

엄마는 공항에서 바로 온 것이냐, 점심은 먹었느냐, 뭐 만들어줄까 하며 부산을 떨었다.

"가게 나갈 시간 되지 않았어?"

"됐지, 슬슬 나가야지. 근데 오늘은 쉴까? 너도 왔는데."

"같이 가자. 뭐 딱히 할 일도 없고. 가게 구경이나 하게."

"그럴래? 하긴 재료 받아놓은 게 있어서 쉴 수도 없다. 가게

가서 맛있는 거 만들어줄게."

엄마는 일단 좀 씻어야겠다며 후다닥 욕실로 들어갔다.

두터운 암막 커튼을 옆으로 밀어놓고 창문을 열었다. 한쪽 벽면을 가득 채운 창을 통해 햇살이 환하게 쏟아져 들어왔다. 작고 허름한 규모에 비해 꽤나 쓸모 있는 집이었다. 창 너머로 작은 외부 베란다도 있었다. 무릎 높이의 창턱을 넘어가야 했지만 토분(土盆)에 심긴 식물들이 한쪽으로 오종종 놓여 있고, 한쪽으로는 빨래를 널어 말리기에도 불편함이 없어 보였다. 바로 앞으로 풀숲이 우거진 작은 하천이 흘렀다. 창을 열어놓고 있으면 그곳이 그대로 넓은 뒤뜰이었다.

창턱에 걸터앉아 하천 너머 산책로와 그 건너편의 주택가를 바라다봤다. 저 위쪽으로는 작은 찻집이 있고 그 옆으로 몇 개의 상점들이 보였다. 그 앞으로 난 돌다리로 사람들이 걷거나 자전거를 타고 건넜다. 차갑지만 맑은 바람이 불어 들었다. 비라도 내린다면 꽤나 운치 있는 풍경일 듯했다.

온라인상에서는 이쪽도 이미 오염되었다고 경고하는 목소리들이 높았다. 코피를 흘리는 아이들이 늘고, 갑상선암 환자가 늘고, 돈이 있는 사람들은 속속 해외로 빠져나가고 있다는 확인되지 않은 루머도 많았다. 그러나 지금 이 풍경 속에서는 그 어떤 징후도 찾아볼 수 없었다. 어쩌면 그래서 더 무서운 것인지도 몰랐다. 형체도 냄새도 없이 떠돌다 물 위로 내려앉고 땅속 깊이 스며들어 사람들의 몸에도 소리 없이 차곡차곡 축적되는 오염 물질. 기분이 으스스해졌다. 괜히 왔나 슬그머니 후회도 되었다.

"아저씨는 잘 계시지?"

수건으로 머리를 털어 말리며 방으로 들어서는 엄마에게 물었다.

"만날 그렇지. 그렇잖아도 내일모레 보러 가는 날인데."

"같이 갈까?"

"그럴래? …… 에이, 아냐, 뭐하러. 가봐야 다 아픈 노인네들뿐인데. 그 사람도 요즘은 나도 잘 못 알아보는 거 같아."

"내가 보고 싶어서 그래. 혹시 알아? 나는 알아보실지."

"하긴, 널 참 예뻐하기는 했지."

아저씨가 뇌경색으로 쓰러진 지 칠 년이 다 되어가고 있었다. 처음엔 엄마가 집에서 돌봤지만 엄마가 일을 해야 병원비를 댈 수 있고, 집에서 혼자 있다가 사고라도 생기면 큰일이라

전문 요양병원으로 모셨다. 순순히 가진 것을 다 내주고 얻은 아저씨, 행복했던 몇 년이 지나 긴 책임만이 남았는데도 엄마는 항상 즐거워 보였다. 지금도 다 이해하는 것은 아니지만 그래도 가끔은 부러웠다. 얼마나, 어떻게 사랑하면 엄마처럼 할 수 있을까.

엄마의 가게는 예상했던 대로 조그마했다. 오픈된 주방 앞에 일자로 붙은 바가 있고, 길쭉한 홀에 4인용 테이블 여덟 개가 두 줄로 네 개씩 나란히 놓여 있었다.

엄마는 가게 문을 열고 들어가자마자 앞치마부터 둘렀다. 문 앞에 놓여 있던 재료들을 끌고 들어와 주방에 부려놓고, 그 앞에 조그만 플라스틱 의자를 놓고 앉아 배추를 다듬었다.

나는 엄마에게 뭐 좀 도와줄까 하고 물었다. 엄마는 됐다고 그냥 앉아 있으라고 했지만 나도 엄마 옆에 같이 쭈그리고 앉아 감자 껍질을 벗기고 양파를 까고 파를 다듬었다.

"아까 너 왔을 때, 진짜 깜짝 놀랐다."

엄마가 손질한 배추에 굵은소금을 뿌리며 말했다.

"아직도 그 얘기야?"

"사실은……."

"사실은 뭐?"

"아니다."

"뭐가 아냐?"

"아냐, 아무것도. 배고프겠다. 뭐 해줄까?"

"뭔 얘기를 하다 말아?"

"아무것도 아니라니까. 된장찌개 해줄까? 아니다, 그런 건 많이 먹지? 오코노미야키 해줄까? 너 그거 좋아하잖아. 가만있어 봐. 어디 가루가 있었는데⋯⋯."

엄마는 내가 껍질을 벗겨둔 양파가 든 양푼을 들고 일어섰다. 양푼을 개수대에 올려놓고 주방 뒤의 창고로 돌아 들어갔다.

오랜만에 엄마가 해준 오코노미야키를 배불리 먹고 가게에서 나왔다. 엄마가 얼른 가서 쉬라고 등을 떠밀기도 했지만 전날 밤을 꼬박 새운 터라 피곤하기도 했다. 내가 나올 무렵부터 손님들이 하나둘씩 들어와 테이블이 차기 시작했다. 엄마가 말했던 대로 근처 가라오케의 여종업원들이었다. 젊고 예쁘고 화려한 그녀들을 보자 예전에 엄마네 가게에 있었던 언니들이 생각났다. 각기 한 트럭씩의 사연을 짊어지고 바다를 건너온 그녀들.

집으로 가는 길에 공원에 들렀다. 산책로 옆의 나무들이 자라 숲이 되어 있었다. 쉼터의 등나무도 밑동이 굵어져 늙어가고 있었고, 화단가의 철쭉도 아직 잎이 푸르렀다. 테니스장에서 동네 주민들이 공을 치는 소리가 벤치까지 들려왔다. 엄마 손을 잡고 나와 놀이터에서 미끄럼틀을 타고 모래 놀이를 하는 아이들의 웃음소리도 들렸다. 그러고 보니 그때도, 낮이면 이런 소리들이 들렸다. 나도 모르게 또 돌아왔구나, 하는 생각이 들었다.

공원의 산책로를 통해 엄마 집으로 돌아왔다. 짐을 풀어 정리해놓고 씻고, 집 뒤편의 하천가를 거닐다가 찻집에 들어가 진하게 내린 커피 한 잔을 마시고 돌아와 일찍 잠자리에 들었다. 하얀 순면에 풀을 먹여 씌운 이불과 요에서는 보송보송 잘 마른 햇볕 냄새가 났다. 오래되었지만 손질이 잘된 다다미 특유의 짚 냄새와 잘 어울리는 냄새였다.

금방 꿈도 없이 깊은 잠에 들었고, 새벽에 엄마가 들어와 불도 켜지 않은 채 조심스럽게 움직이는 소리를 들으며 자다 깼다가, 자다가 깼다. 내 옆에 자리를 펴고 눕는 기척을 느끼고 엄마 쪽으로 돌아누웠다. 엄마가 내 이불을 꼭꼭 여며 덮어주고,

꿈결인 듯 나는 또 잠에 빠져들었다.

4

  엄마가 사실은…… 이라고 했던 그 사실에 대한 얘기를 다시
꺼낸 것은 아저씨에게 다녀오던 길 위에서였다.

  요양원 휴게실에서 만난 아저씨는 역시 나를 알아보지 못했
다. 그래도 엄마가 소개하고 설명하자 그제야 나를 쳐다보며
환하게 웃었다. 한쪽 입가로 침을 흘리며 한쪽 손을 내밀었다.
내가 아저씨의 손을 맞잡고, 엄마가 그의 입가에 흐르는 침을
닦았다. 쓰러지기 직전 엄마와 한국에 나왔을 때 봤으니 꼭 칠
년 만이었다. 그때의 모습은 거의 찾아볼 수 없을 만큼 야위었
지만, 어눌한 말씨와 발음으로도 여전히 엄마와 살갑게 이야기
를 나누는 모습은 그때와 별반 다름없어 보였다.

  돌아오는 전철 안에서 엄마가 무릎에 올려두었던 손가방을
열었다. 길쭉하게 접힌 메모 쪽지를 꺼내 건넸다.

  "오래전부터 한번 보고 싶어 하셨어."

나는 엄마에게서 쪽지를 받아 펼쳤다. 다카하시 상의 이름과 주소가 한자로 적혀 있었다. 전화번호도 있었다.

"너한텐 끝까지 얘기 안 하려고 했는데…… 사람 사는 게 그런 게 아니지 싶은 생각이 자꾸 드네. 너도 생전 안 궁금해하더니 갑자기 전화로 물어보질 않나, 이렇게 오지를 않나."

한자로 적힌 주소가 언뜻 읽히지 않았다. 福島縣 田村市. 한자의 일본식 음독을 하나씩 떠올리며 천천히 소리 내어 읽어봤다. 후쿠……시마……켄, 다……무라……시……. 옆에서 엄마가 나를 힐끔 쳐다봤다.

우리가 탄 전동차가 막 닛포리 역으로 들어서고 있었다. 엄마가 여기에서 환승해야 한다며 내 팔을 잡아끌었다. 전동차 문 앞에 서서 쪽지를 다시 한 번 읽어봤다.

"후쿠시마?"

나도 모르게 낮게 비명을 지르듯 내뱉으며 엄마를 쳐다봤다.

전동차 문이 열렸다. 엄마가 내 팔뚝을 붙들고 내렸다. 손가방을 고쳐 들고 환승 구역을 향해 앞장서 나아갔다. 나는 뛰듯이 엄마를 뒤따라가 옆에 바짝 붙어 섰다.

"그쪽으로 가신 지 좀 됐어. 어제 통화했는데, 네가 만나주겠다고 하면 이쪽으로 오시겠대."

"다무라 시면 어디쯤이야?"

"나도 안 가봐서 잘은 모르겠는데, 그 사고 난 데서 한 50킬로미터쯤 떨어진 곳이라고 하더라."

"왜, 그런 곳에?"

"거긴 위험지역으로 선포된 곳도 아냐. 그냥 사는 사람들도 있는데, 뭐."

"그래도."

사고 직후 히데오가 먼저 그곳으로 이주해 갔단다. 오염 지역으로 출퇴근하며 폐기물을 치우고 오염 물질을 씻어내는 일을 했다고. 다카하시 상도 곧 그를 따라갔다.

"아무튼, 지금은 혼자 계셔."

"……."

"여태도 인연 끊고 잘 살았는데, 새삼 만나 뭐하나 싶다가도…… 나도 이젠 모르겠다. 네가 알아서 해."

"……."

"웬만하면 한번 뵙던가. 그렇게나 보고 싶어 하시는데. 요즘은 건강도 별로 안 좋으신 거 같더라."

나도 다카하시 상이 보고 싶지 않은 건 아니었다. 하지만 우리 사이에는 히데오가 있었다. 히데오에 대한 이야기를 빼고 우리가 할 수 있는 이야기가 있을까. 엄마는 히데오에 대해서도 궁금하면 다카하시 상을 만나 직접 물어보라고 했다. 그런데 나는 먼저 나 자신에게 물어야 했다. 궁금하니?

궁금했다. 어디에서 살고 있는지, 어떻게 살고 있는지, 결혼은 했는지, 아내는 예쁜지, 아이들은 있는지, 행복한지.

이제는 괜찮지 않을까? 혹시나 만나게 되더라도, 당신 참 잘 살고 있구나. 그래 나도 잘 살고 있어. 얼마 전에 우리가 함께 갔던 수목원에서 찍은 사진을 찾았어. 거기가 어디였는지 기억나? 그런 소소한 이야기들을 주고받으면서. 그런데 우리는 서로를 알아볼 수는 있을까. 여전히 그의 얼굴이 기억나지 않았다.

그런데 히데오는 왜 그렇게 위험한 지역으로 갔을까. 예전의 성정대로라면 재해 지역에 손을 보태는 일은 이상하지 않았다. 사진으로 찍어 기록을 남기는 것도 의미 있는 일일 것이다. 하지만 방사능오염 지역이었다. 그에 대해서만큼은 굉장히 예민한 사람이었다. 그런데 왜? 그래서 더욱 어떤 책임 의식을 갖게 된 걸까. 단기 자원봉사 말고도 도쿄전력에서는 높은 임금으로 아예 전담 직원을 고용하고 있다고 들었다. 어쩌면 단지 일자리가 필요했을 뿐이었는지도 모른다. 어릴 적 트라우마마저 모두 감수해야 할 만큼 돈이 필요했던 것인지도. 그런데 그는 또 왜 다카하시 상을 혼자 두고 떠났을까. 역시 따로 지켜야 할 가족이 있는 걸까. 여러 의문들이 꼬리에 꼬리를 물고 일어났다.

전철에서 내려 우리는 곧장 가게로 갔다. 엄마가 재료를 다듬을 동안 나는 홀을 쓸고 닦았다. 엄마는 저녁이나 먹고 바로 들어가라고 했지만 그러기에는 내내 너무 바빴다. 평소에도 한 사람쯤은 더 있어야 할 것 같은데, 엄마는 고집스레 혼자 일하고 있었다. 단골들은 으레 그러려니 하며 엄마가 내주는 음식을 직접 가져갔다. 그들은 거의 나를 알고 있었다. 전부터 엄마에게 이야기를 많이 들었다면서 무척이나 살갑게 굴었다.

자정이 넘어 손님이 잠시 뜸해졌을 때 엄마가 나에게 먼저 들어가라고 했다. 늘 하던 일이니 새삼 힘들 것도 없다면서. 나는 엄마가 시키는 대로 집으로 돌아와 잠자리를 펴고 누웠다. 하지만 쉽게 잠을 이루지 못하고 새벽녘 엄마가 들어올 때까지 계속 뒤척거렸다.

아침에도 일찍 눈이 떠져 살그머니 집을 나왔다. 얇은 후드 점퍼에 청바지 차림으로 집 뒤의 하천 건너편에 있는 작은 카페에서 아침으로 커피와 샌드위치를 먹었다.

그리고 운동 삼아 하천을 따라 좀 멀리까지 걸었다. 돌아올 때는 버스를 이용했다. 큰길에서 내려 예전에 살던 집 앞을 서성이고, 다카하시 상의 옛집 터에 올린 맨션 앞을 서성였다. 공원 안의 산책로를 돌다가 텅 빈 놀이터에서 그네를 타다가, 등나무 벤치에 앉아 다카하시 상에게 전화했다.

신호음이 가는 것을 듣고서야 내가 그의 일본어를 알아들을 수 있을까, 하는 생각이 들었다. 내가 하고 싶은 말도 적절하게 일본어로 말할 수 있을까. 어쩐지 자신이 없었다. 지난 이틀 동안 가게에서 일본인 손님들과 의사소통을 하는 데에는 불편함이 없었다. 찻집에 들어가 원하는 토핑을 넣어 샌드위치를 주문하고 커피에는 설탕을 빼달라고 말하는 것도 전혀 불편하지 않았다. 어제는 가게 앞에서 내게 역으로 가는 길을 묻는 현지인에게 친절하게 길을 알려주기도 했다. 하지만 전화로, 그것도 다카하시 상과. 두근두근 심장이 뛰었다.

이윽고 신호음이 멈추자 너무나도 귀에 익은 목소리가 들려왔다. 십오 년의 세월 저 너머로부터 바로 날아온 듯 똑같은 억양에 똑같은 음색의 목소리였다.

건강하시죠? 이수예요, 라고 나는 담담하게 일본어로 말했다.

그래, 잘 있었니? 건강하지? 엄마에게 그동안 네 소식 듣고 있었다. 좋은 회사에 들어가서 잘 다니고 있다고 들었다. 보고 싶구나. 내가 그쪽으로 가도 되겠니?

그의 일본어를 전부 알아들었다. 나도 보고 싶었다고, 그동안 연락하지 못해 죄송하다고, 어차피 여행 삼아 온 것이니 그쪽도 돌아볼 겸 내가 가겠다고, 발음은 어떨지 몰라도 문법에는 틀리지 않게 또박또박 말했다. 그가 언제쯤 올 수 있느냐고 물어서 나는 지금 바로라도 갈 수 있다고 했다. 그는 주소에 적힌 마을까지 들어오지 말고 후쿠시마 시까지만 오라고 했다. 신칸센을 타면 두 시간이 채 걸리지 않을 테니, 열차가 출발할 때 다시 전화해주면 도착 시간에 맞춰 역으로 나오겠다고 했다.

"여긴 도쿄보다 많이 춥단다. 옷을 따뜻하게 입는 게 좋을 거야."

집으로 다시 들어가 옷을 챙겨 나오는 대신, 역 앞의 상점가에서 두툼하고 긴 겨울 코트를 샀다. 집이 역과는 반대 방향이기도 했지만 아직 곤히 자고 있을 엄마를 깨우고 싶지 않았다.

얇은 후드 점퍼 위에 코트를 걸쳐 입고, 나는 그대로 후쿠시마
로 향했다.

다시 시작된 사랑을 위하여

1

당시 오십대 중반이었으니 이제 거의 일흔일 것이었다.

나는 금세 그를 알아봤다. 그도 나를 금세 알아봤다. 짐작했던 대로 다카하시 상은 노구의 몸이 되어 있었다. 그래도 큰 키와 다부진 체격은 여전했다. 어깨와 허리가 약간 구부정하기는 했지만 그 연세의 다른 노인에 비해 여전히 꼿꼿했다.

점심 무렵이었다. 그가 내게 무얼 먹을 테냐고 물어서 나는 아무거나 좋다고 했다. 예전에 초밥을 좋아하지 않았느냐고, 시내에 괜찮은 초밥집이 있다고 하여 나는 선선히 고개를 끄덕였다. 끄덕였지만 께름칙하지 않은 것은 아니었다. 그래도 설마 인근 연안에서 잡은 생선으로 요리하지는 않을 것이고, 그가 권할 정도라면 믿고 먹을 수 있는 곳이기도 할 터였다.

후쿠시마 도심 한가운데로 차를 몰아가며 그가 엄마는 요즘 어떠냐고 물었다. 여전히 활기차다고 말하는데 저절로 입가에 미소가 지어졌다. 그게 엄마의 매력이지, 라고 말하며 그도 웃었다. 우리는 엄마의 활기참이 어떤 것인지 잘 알았다. 십오 년 만에 만났는데도 서로 통하는 지점이 있었다.

다카하시 상이 이끄는 대로 주방 앞의 바에 나란히 자리를 잡고 앉았다. 마주 앉아야 하는 자리가 아니라는 것에 안도했다. 서로 얼굴을 마주 보고 눈을 맞추며 이야기하지 않아도 된다는 뜻이었다. 어쩌면 그래서 그 역시 그 가게의 그 자리를 택했는지도 몰랐다.

자주 오는 곳인지 주방장이 그에게 알은척을 했다. 그가 익숙하게 게살샐러드와 생선조림과 초밥 몇 가지를 주문했다. 그는 내가 즐겨 먹던 것들을 아직도 기억하고 있었다.

다카하시 상이 샐러드를 소스와 잘 버무려지도록 뒤적이며 요양원에 다녀왔다면서? 하고 물어서 나는 네, 하고 대답했다. 어떻더냐고 물어서 잘은 모르겠지만 좋아 보이셨다고 했다.

주방장이 내주는 첫 번째 초밥을 씹으며 나는 너무 맛있다고, 데려와주셔서 감사하다고 인사했다. 그가 주방장을 향해 이 아가씨가 자네 초밥을 칭찬하는군, 하자 주방장이 내게 서비스라면서 방금 초밥으로 만들어 내놨던 흰 살 생선 한 점을 두툼하게 썰어 내주었다. 다카하시 상이 늙은이 혼자 올 때는 이런 것도 없었다면서 다음에도 나와 함께 와야겠다고 농담을 하자, 주방장이 꼭 그래달라고 받아치며 그에게도 두툼하게 썬 생선 살을 내놨다.

두 번째 초밥을 기다리며 내가 일은 힘들지 않으시냐고 물었다. 그는 힘들지만 누군가는 해야 하는 일 아니겠느냐며 쓸쓸히 웃었다. 건강은 어떠시냐고 물으니 나쁘지 않다고만 짧게 대답했다. 물으나 마나 한 질문이었다. 내가 알고 있는 그가 아직 맞다면, 십오 년 만에 만난 내게 자신의 건강에 대해 시시콜콜 떠들어댈 리 없었다.

다카하시 상이 생선조림 접시에서 무 한 조각을 자신의 접시로 덜어갔다. 그리고 내게 회사 일은 어떠냐고 물었다. 어떤 회사에서 어떤 일을 하는지 정도는 알고 있다고 했다. 나는 너무 오랫동안 일해서 휴식 기간을 가져볼까 한다고 솔직하게 대답했다.

내 몫의 접시에 남은 초밥을 마저 집어 먹었다. 미소시루를 마시고 초생강으로 입가심을 하고 녹차를 마셨다.

"히데오는 잘 있죠?"

나는 그제야 물었다.

다카하시 상도 여태 그에 대해서는 한 번도 이야기를 꺼내지 않았다. 우리는 누가 먼저 시작할까 서로 눈치를 보고 있었는지도 몰랐다.

"잘 있지. 그럼, 잘 있고말고."

어디에 사느냐고 물으려다 말았다. 결혼은 했느냐고 물으려다 말았다. 지금은 무슨 일을 하고 있는지, 아직도 사진 찍는 것을 좋아하는지 물으려다 말았다.

다카하시 상이 어떤 이야기를 계속해줄까 하고 기다렸지만 그에 대해서는 더 이상 이야기하지 않았다. 두 번째로 나온 초밥을 먹고 주방장과 농담을 주고받고, 세 번째로 나온 초밥을 먹고 내게도 어서 먹어보라고 권했다.

식사를 마치고 후식으로 나온 망고셔벗을 먹으며, 그가 툭 내뱉듯 히데오에게 함께 가보겠느냐고 물었다. 좀 멀리 있는데, 괜찮겠느냐고 연이어 물었다. 나는 예기치 못했던 상황에 셔벗 스푼을 입에 문 채로 그를 바라다봤다. 그는 두터운 유리 그릇 안의 셔벗을 녹여 먹기라도 하겠다는 듯 스푼으로 쿡쿡 찌르며 그것만 쳐다보고 있었다.

"그래도 돼요?"

얼떨결에 되물었다.

"사실은, 이수야……."

그도 사실은, 이라고 말하고 있었다. 엄마처럼 그도 곧 아니라고, 아무것도 아니라고 말할까. 아니면 히데오에게 가서 직접 들으라고 할까. 사실은, 사실은, 사실은. 그들은 왜, 무엇을, 내게 숨기고 있는 걸까.

오래 잊고 살았다. 그렇다고 생각했다. 그런데 몇 장의 사진으로 그날의 단편적인 기억이 떠오르고, 그 시절의 온갖 추억과 상처들이 떠올랐다. 즐거웠던 기억들은 물론이고, 내게 전화로 사랑하는 사람이 생겼어, 라고 하던 그 말투와 억양과 목소리가 떠오르고, 급기야 아주 잠깐이었지만 이 세상에서 살다 간 내 아기를 품에 안았을 때의 체온과 숨결과 뼈와 살의 작은 마디마디까지 모두 떠오르고 말았다. 그 장면마다에 실린 기쁨과 슬픔과 고통의 감정들마저 고스란히 되돌아왔다.

하지만 여전히 그의 얼굴은 생각나지 않았다. 엄마와 다카하시 상이 사실은, 사실은…… 이라고 말할 때의 말줄임표 같은 그의 얼굴.

나는 확인하고 싶었다. 오늘 신칸센 대합실에서 저 멀리 홀로 서 있는 다카하시 상을 먼저 알아보았듯, 뿌연 실루엣으로만 남아 있는 그 역시 나는 바로 알아볼 것이다. 아, 저런 모습이었지, 저런 얼굴이었지. 십오 년이 지났는데도, 그 세월만큼 나이가 들었는데 분명히 변하지 않았을 어떤 모습을 나는 발견하게 될 것이다.

이후 어떤 상황에 놓이게 되든 나는 말줄임표와 뿌연 실루엣에 갇힌 답답함을 벗고 좀 더 선명하게 그를 기억하게 될 것이고, 그렇게 기억과 감정과, 그 감정의 실체를 일치시키고 나면 나 자신과도 바로 대면할 수 있게 될 것이다. 그러고 나면 무엇이든, 어떤 형태로든 다시 시작할 수 있지 않을까.

다카하시 상은 끝내 사실은, 에 대한 답을 주지 않았다. 나도 묻지 않았다. 그를 만나 직접 확인하면 될 일이었다.

2

운전대를 잡은 이후로 다카하시 상은 별달리 말이 없었다.

차는 금세 후쿠시마 시를 빠져나와 고속도로를 달렸다. 나도 딱히 할 말을 찾지 못해 차창 밖만 내다봤다. 그는 골똘히 무언가를 생각하고 있는 듯했는데, 머릿속이 복잡하기는 나도 마찬가지였다.

복잡한 머릿속과 달리 그가 운전하는 차는 익숙하여 편안했다. 아기를 가졌을 때에는 물론이고 그 전에도 그는 가끔 학교 앞으로, 늦은 밤 역 앞으로 히데오 대신, 엄마 대신 픽업을 오곤 했다.

히데오와 엄마와 함께 다 같이 깊은 산속의 온천 마을로 여행을 간 적이 있었다. 엄마가 아저씨와 함께 살기 전의 일이었다. 1박 2일 동안 아무것도 하지 않고 따뜻한 물에 몸을 담그고 먹고 마시고 산책만 하다 왔는데, 그때도 히데오와 그가 교대로 운전했다. 엄마가 필요하면 자기도 할 수 있다고 했지만 아무도 엄마에게까지 운전대를 맡기려 하지 않았다. 나도 엄마가 운전하는 차는 절대 타지 않을 거라고 거들어서 엄마가 눈을 흘기며 내 등짝을 후려쳤다.

"언젠가 온천에 간 적 있었잖아요?"

내가 먼저 차 안의 침묵을 깼다.

"어디더라? 그 계곡에 눈이 잔뜩 쌓여 있고, 노천탕도 있고."

"아, 그래. 그런 적이 있었지."

골똘히 굳어 있던 다카하시 상의 입가에 반짝 미소가 번졌다.

"계곡 위에 단층의 목조건물이 물 위에 떠 있는 것처럼 지어져 있고, 그 안에서 장작불가에 둘러앉아 냄비 요리랑 꼬치에 끼워 구운 생선 요리도 먹고요."

"본관에서 계곡 건너편으로 정자처럼 지어져 있었던?"

"네, 맞아요!"

"여관의 미니버스로 이동해도 되는데, 우리는 걸어서 그 다리를 건넜지."

"생각보다 멀고 엄청 추워서 막 후회하고, 누가 먼저 걷자고 했냐고 서로 투덜거리고."

"히데오가 오르막길에서 얼음을 밟아서 미끄러졌잖니?"

우리는 동시에 웃음을 터뜨렸다.

"거기가 어디였어요?"

다카하시 상이 예의 따뜻한 미소로 나를 돌아다봤다.

"아시노마키 온천 마을이었을 거다, 아마."

"아직도 있을까요?"

"물론 있겠지. 온천물이 마르거나 식지 않았다면."

"그 대게 보내주셨던 친구분은 아직 거기 계시고요?"

"대게?"

"홋카이도에서 수산물 도매업 하시던 분이요."

"아, 그 친구! 용케도 기억하고 있구나. 그 친군 은퇴하고 슬슬 여행이나 다니고 있지. 아들이 가업을 물려받았어."

우리는 또 몇 가지 일들에 대해 서로의 기억을 맞추며 주거니 받거니 이야기를 나누었다. 저절로 웃음이 지어지고 기분이 좋아지고, 아득하니 그리워져 쓸쓸해졌다.

차는 계속 북쪽으로 올라가고 있었다. 들판 너머 높은 산의 꼭대기에 하얗게 눈이 쌓여 있었다. 그가 한참 더 가야 하니 졸리면 자도 좋다고 말했다.

"그럴까요, 그럼."

일부러 더 명랑하게 목소리를 높였다. 말 잘 듣는 착한 딸처럼 눈을 감고 잠을 청했다. 잠이 올 리 없었다. 슬며시 눈을 뜨고 차창 밖을 내다봤다.

얼마쯤을 가자 들판에도 길가에도 눈의 흔적들이 보였다. 간간이 나타나는 마을의 집들 사이에도, 지붕 위에도 잔설이 쌓여 있었다.

두 시간 남짓 달려 고속도로를 빠져나와 저층 건물이 밀집해 있는 소규모의 지방 도시로 들어섰다. 소도시의 번화가를 관통해 가다가 그가 내게 커피가 필요하냐고 물었다. 그렇잖아도 한 잔 마셨으면 하고 생각하던 참이었다. 도로변에 차를 세우고 함께 프랜차이즈 커피 전문점으로 들어가 커피를 주문했다. 주문한 커피가 나오기를 기다리며 교대로 화장실을 다녀왔다.

길지 않은 번화가가 끝나고 길가의 건물들이 뜸해졌다. 한쪽은 산이고 한쪽은 들인 완만한 언덕길을 올랐다. 마시던 커피가 바닥을 보일 때쯤 양쪽이 녹음으로 우거진 숲길로 들어섰다. 마치 시간이 빠르게 흘러 나무들이 쑥쑥 자라고 있는 것처럼 양쪽 숲의 나무들의 키가 커지고 밑동이 굵어졌다. 나무들이 심긴 간격도 넓어졌다. 거대한 나무들이 저 하늘 끝에서 맞닿아 마치 초록 세상의 궁륭 높은 동굴을 통과하고 있는 듯한 느낌이었다. 축축한 이끼로 뒤덮인 나무둥치는 이제 몇 사람이 둘러서야 할 정도로 굵어졌다. 차창 밖을 스치는 웅장하고 경이로운 자연의 풍광을 나는 넋을 잃고 바라다봤다. 내가 지금 누굴 만나러 가고 있는지도 잊을 만큼 굉장히 인상적인 풍경이었다.

이윽고 하늘이 열렸다. 도로 폭이 좁은 오르막길이 시작되고 낙엽이 져 나뭇가지들이 성긴 산길이 시작됐다. 산이 깊어지며 잔설이 쌓여갔다. 나뭇가지에도 미처 녹지 않은 눈이 흰 꽃송이처럼 주렁주렁 매달려 있었다. 산 중턱에 이르러 평편한 공터가 나타났다. 자잘한 자갈이 깔린 꽤 넓은 주차장이었다.

주차장 입구의 팻말에 적힌 한자는 길기도 했지만 어려워서 잘 읽을 수 없었다. 중간중간에 師(사)와 樹木(수목)이란 글자만 언뜻 읽을 수 있었다. 차에서 내려 보니 주차장의 한쪽 끝으로 거대한 나무 기둥 두 개가 나란히 세워진 입구가 보였다. 매표소와 화장실 등의 편의 시설도 있었다. 따로 차단 시설이 있는 것은 아니었지만 분위기로 보아서는 수목원이었다.

수목원이라니, 히데오는 이런 곳에서 무슨 일을 하는 걸까. 얼마 전까지는 오염 지역에서 일했다더니 이번엔 수목원이었다. 워낙 나무를 좋아하기는 했었다. 그보다 사진 찍는 일을 더 좋아했고, 공부도 그쪽으로 했다. 희귀식물이나 나무와 숲의 성장 과정을 찍는 수목원의 전속 사진작가라도 된 걸까. 아예 나무를 심고 돌보는 사람으로 직업을 전환한 걸까.

다카하시 상이 매표소 옆의 기둥을 쳐다보고 있는 나를 불러 이쪽, 하고 말했다. 먼저 앞장서 걸어가더니 주차장 밖으로 빠져나갔다. 나는 얼른 그의 뒤를 쫓았다.

"저기가 아니고요?"

뒤쪽을 가리켰다.

"아니, 이쪽이다."

주차장에서 왔던 길을 되짚어 30여 미터쯤 내려가자 오른편 숲 사이로 난 샛길이 나타났다. 올라오면서는 미처 보지 못했던 길이었다. 좁은 흙길인 데다 잔설이 박혀 있어 차를 타고 가는 속도로는 놓치기 십상일 듯했다. 다카하시 상이 그쪽으로 발길을 돌렸다. 나도 잠자코 그를 따라갔다.

거친 흙길의 양옆으로 눈이 쌓여 있었다. 발을 디디는 곳에는 걷기 좋게 듬성듬성 나무 계단이 박혀 있었다. 길가의 큰 나무들의 뿌리가 길 쪽으로 드러나 자연스럽게 계단 구실을 하는 곳도 있었다. 앞서 가던 그가 나무둥치를 짚고 서서 나를 돌아다보며 기다렸다.

"힘들지? 조금만 더 가면 된다."

나는 숨이 차올라 대답 대신 고개만 끄덕였다.

이윽고 깨끗이 비질이 되어 있는 평지로 올라섰다. 평지 저 끝으로 낡은 나무 기둥 위에 기와지붕을 올린 일주문이 나타났다. 산사의 입구였다. 일주문을 통과하여 들어가자 바로 오른편으로 서 있는 나무 기둥과 나무판에 소원을 비는 나무조각들이 붉은 실로 잔뜩 묶여 있었다.

낡고 오래된 여느 사찰과 다름없이 넓지 않은 경내의 양옆으로 부속 건물이 있고 중앙에는 아담한 석탑이 눈가루를 이고 서 있었다. 그 너머로 높은 돌계단 위에 이 층으로 올린 목조건물이 본당인 모양이었다.

마당가의 부속 건물에서 나오던 스님이 우리를 발견하고는 합장하고 깊이 허리 숙여 인사했다. 다카하시 상도 합장하며 그를 향해 고개를 숙였다. 나는 어찌해야 좋을지 몰라 그를 따라하는 시늉만 했다.

"오셨습니까?"

"네, 안녕하셨습니까?"

"차 한잔 하고 올라가시겠습니까?"

"아니요, 먼저 좀 보고 오겠습니다."

스님이 나를 쳐다봤다. 다카하시 상도 나를 한번 쳐다보고는 그를 향해 고개를 끄덕였다. 그들은 또 마주 합장하고 깊이 고개 숙여 절했다.

스님은 다카하시 상은 물론이고, 나 역시 알고 있는 듯했다. 어떻게, 누구라고 알고 있는 것일까.

다카하시 상은 본당으로 올라가지 않고 그 옆으로 난 샛길로 향했다. 본당을 받치는 거대한 석단의 돌담 옆을 지나자 낡고 조그만 사당이 나타나고 그 뒤로 오래된 묘지들이 있었다. 작게나마 석탑을 세워놓은 곳도 있는 걸로 보아 열반에 든 스님들의 묘지인 듯했다. 그곳을 지나자 마른 잎도 거의 진, 수령 오랜 겨울나무들의 숲이 시작됐다. 땅에도 엷게 흰 눈이 쌓인 완연한 겨울 숲이었다. 앞서 가는 다카하시 상을 따라 나도 그 사이로 난 오솔길로 들어섰다.

히데오는 이런 곳에서 무엇을 하고 있는 걸까. 건강이 좋지 않아 요양이라도 하는 걸까, 따로 무슨 공부라도 하고 있는 것일까, 아니면 속세와의 인연을 끊고 귀의라도 했단 말인가. 다카하시 상이 사실은, 이라고 했던 것이 바로 이런 것이었을까.

3

얼마쯤을 올라가자 나무들의 간격이 넓어졌다. 언 땅에 박힌 얇고 길쭉한 돌기둥들이 눈에 띄었다. 새끼를 꼬아 엮은 줄로 자그마한 나무 팻말을 매달아놓은 나무들도 있었다. 올라갈수록 돌기둥과 나무 팻말이 늘어났다. 가만히 보니 하나의 돌기둥이 하나의 나무 곁에 가깝게 박혀 있고, 그런 나무마다 팻말이 매달려 있는 것이었다. 특별한 나무들인 모양이었다.

다카하시 상이 길에서 벗어나 눈 쌓인 숲으로 들어갔다. 아직 누구의 발길도 닿지 않은 숲이었다. 눈 위에 발자국을 내며 걷는 다카하시 상의 뒤를 따라 그 자국만 골라 디디며 걸었다.

이윽고 그가 한 나무 앞에 섰다. 그 옆에 서 있는 길쭉한 돌기둥에 엷게 앉은 눈을 털어냈다. 팻말에 묻은 눈가루도 털어냈다. 나도 그의 옆에 가서 멈추어 섰다.

잿빛 돌기둥의 한 면에 글자들이 세로로 길게 음각되어 있었다. 다카하시 상이 맨손으로 글자들 사이사이에 박힌 눈을 털어냈다.

高橋 英雄.

어려운 한자들을 다 잊었다 해도 그 글자들만은 잊었을 리 없었다.

특별한 나무들의 수종이나 심은 연도 등을 적어놓은 것이겠거니 했다.

그런데, 다카하시 히데오.

그의 이름이 왜 여기 박혀 있는가.

昭和 53年 7月 24日 ～ 平成 23年 10月 7日.

돌기둥의 다른 면에 적힌 이 날짜들은 또 무엇을 의미하는가.

멍한 눈을 들어 다카하시 상을 쳐다봤다. 그의 표정이 침통했다.

눈높이에 매달린 팻말에도 똑같이 적혀 있었다. 천천히 고개를 들어 하늘 높이 솟아 있는 나무를 올려다봤다. 서로 간격이 넓은 다른 나무들에 비해 퍽이나 가깝게 심긴 바로 옆의 나무와 저 위쪽의 둥치가 서로 연결되어 있었다. 연리목이었다.

바로 옆의 나무에도 팻말이 달려 있었다. 그 옆으로도 돌기둥이, 아니 잿빛 비석이 세워져 있었다.

팻말에 적힌 까만 글자는 눈가루를 털어내지 않고도 바로 읽을 수 있었다.

高橋 理惠.

설마 그럴 리 없었다.

그쪽으로 다가가 허리를 굽히고 비석의 글자에 박힌 눈가루를 털어냈다. 똑같은 글자가 음각되어 있었다. 비석의 다른 한 면에 적힌 생몰 연대를, 눈가루를 털어내듯 먼지를 씻어내듯 하나하나 손가락으로 어루만지며 읽었다.

平成 13年 4월 26日 ～平成 13年 4월 26日.

우리 아기에게도 이름이 있었다. 리에, 리에 짱.

理惠(리에)의 理(리)는 理樹(이수)의 理(리), 내 이름의 앞 글자와 같았다. 다카하시 상과 히데오가 틈만 나면 몇 권의 작명 사전을 펼쳐놓고 앉아 의논하고 고심하여 지은 이름이었다. 엄마와 나는 너무 예쁘다고, 게다가 내 이름자가 들어가서 더 좋다고 손뼉을 치며 기뻐했었다.

나는 다카하시 상을 돌아다봤다. 그는 히데오의 나무를 어루만지고 있었다. 한 손으로 어루만지고, 두 손으로 어루만지고.

"대체 이게 다 뭔가요?"

"미안하구나. 미리 말을 했어야 했는데."

"헤이세이 23년이면……."

218

"2011년 10월, 꼭 사 년하고 이 개월이 되었구나."

"리에는요? 리에의 이름이 왜 여기 적혀 있는 거죠?"

"이야기가 길어질 거 같구나. 내려가서 이야기하겠니?"

"아니요, 여기서 말해주세요."

사 년 전, 히데오와 리에의 유골이 한 단지에 담겨 이 아래 묻혔다. 옥수수 가루로 빚은 단지가 먼저 분해되고, 히데오와 리에의 유골도 금세 이 숲의 흙과 나무가 되었다. 그의 유언이었다.

히데오의 벽장에 있었던 큐브만 한 나무 상자가 우리 리에의 유골함이었단다. 다카하시 상은 반대했지만 그가 한사코 품에 안고 데려왔다고.

언젠가 벽장에서 처음 보는 상자를 발견하고 억지로 열어보려다가 그가 질겁하며 뺏는 바람에 또 몹시 성질을 냈다. 그에게서 상자를 도로 빼앗아 바닥에 집어 던지고, 다다미방의 미닫이문이 넘어가도록 문을 쾅 닫고 나와 며칠 동안 그의 집으로는 내려가지도 않았다. 상자에 대해, 그때 그가 뭐라고 변명했었는지 잊었다. 그때 말고도 내가 사소한 일로 성질을 내고 풀어지고, 또 성질을 내고 풀어졌던 일은 너무나도 많았으니까. 깨어 있는 동안은 계속 술을 마시고 취하고 지쳐서 잠을 자고 일어나서 또 마시고. 그러나 그는 다른 때처럼 나를 달래지 않았다. 그냥 내버려두었다. 제풀에 지쳐 내가 먼저 그를 찾았다. 언제 무슨 일이 있었냐는 듯 굴었다.

백혈병이었단다. 초기 단계였지만 오래 투병하다 죽은 어머니에 대한 기억이, 내게는 끝내 숨긴 채 거짓말을 해서라도 완전히 떠나게 하는 것으로 결론을 내게 했다고. 그 과정과 끝을 너무나도 잘 알기 때문이었다. 고통스러워하는 환자 곁을 지키며 보살펴야 하는 가족의 아픔과, 이후 그가 떠난 후에 평생토록 짊어져야 할 죄책감과 쓸쓸함에 대해서도. 다카하시 상도 그래서 솔직하게 밝히라고 말하지 못했다.

치료를 시작하고 일 년 만에 다카하시 상의 골수를 뽑아 이식했을 때에는 엄마가 틈틈이 두 사람을 돌봤다. 면역 치료를 하며 삼 년 만에 건강을 회복하고 정상적인 활동이 가능해졌지만, 이번에는 엄마가 나에게 그동안의 일을 사실대로 알리는 것을 반대했다. 그들의 생활을 옆에서 지켜보며 도와주기는 했지만, 그렇기 때문에 자신의 딸에게만큼은 그런 짐을 지우고 싶어 하지 않았다고.

그들은 엄마를 이해했다. 한편으로는 모두 같은 마음이었다.

다카하시 상은 곧 대학에서 은퇴했고, 히데오의 건강도 염려되어 집을 팔고 한적한 시골로 이사했다. 히데오는 그 집을 떠나고 싶어 하지 않았지만, 이번에는 다카하시 상이 결단을 내렸다.

히데오는 다카하시 상과 함께 키우기 어렵지 않은 작물들로 농사를 지으며 틈틈이 여기저기 사진 여행을 다녔다. 그리고 자료를 모으며 공부하기 시작했다. 체르노빌까지 가서 사진을 찍어 오기도 하고, 한국의 원전 지역으로 조사를 온 적도 있었다. 학교 선배의 도움으로 그의 사진과 칼럼이 잡지에 실리기도 했다.

염려했던 대로 병이 재발한 것은 동일본 대지진이 일어나기 두 달 전이었다. 그는 치료를 거부했다. 치료를 했다 해도 사실은 희망이 없었고, 원전 사고가 나자마자 바로 현장으로 떠났다. 피해 복구에 손을 보태고 실증적 자료를 모으고 피해자들을 만나 인터뷰하고 현장 사진을 찍고, 활발히 활동했지만 서너 달도 되지 않아 급격히 상태가 나빠졌다. 다카하시 상의 친구가 주지로 있는 이 절로 옮겨 히데오는 이곳에서 숨을 거두었다. 그의 유언대로 리에와 그의 유골을 하나의 단지에 담아이 아래 묻었다.

다카히시 상의 이야기를 들으며 나는 두 나무를 올려다봤다. 한 나무를 손으로 쓸어보고, 또 한 나무를 손으로 쓸어봤다. 이름이 적힌 팻말들을 어루만지다가, 차가운 두 비석 위에 차례로 손을 얹었다.

다카하시 상이 두 나무 사이의 한 지점을 가리켰다. 히데오와 리에를 묻은 곳이었다. 그 앞에 쭈그리고 앉아 맨손으로 쌓인 눈을 헤쳤다. 두 나무의 밑동으로부터 연결된 뿌리가 그대로 드러나 있었다. 두 뿌리가 서로 뒤엉켜 하나가 되어 있었다.

"원래는 저 위에만 저렇게 연결되어 있었는데, 나무가 자라고 밑동과 연결된 뿌리가 굵어지더니 그 애들을 묻은 자리까지 뻗어와 이렇게 얽혀 들기 시작하더구나."

맨땅에 무릎을 꿇고 하나가 된 두 뿌리 위에 손을 얹었다.

영원히 깨지 못할 꿈이라도 꾸고 있는 듯한 기분이었다. 너무 아득하여 눈물도 나지 않았다.

주변이 금세 어둑해졌다. 다카히시 상이 내려가서 따뜻한 차라도 마시는 게 좋겠다면서 나를 잡아끌었다.

아까 그 스님이 마당의 석탑 앞에서 기다리고 있었다. 따뜻하게 방을 덥혀놓았다고 했다. 방으로 들어가 벽에 기대어 앉았다. 다카하시 상이 이불을 내려 내 무릎을 덮었다. 스님이 차를 내왔다. 따뜻한 차를 한 잔씩 마시고 났을 때쯤 내가 말했다.

"오늘 하루, 여기 더 있다 가도 되나요?"

그가 가만히 고개를 끄덕였다.

스님이 소반에 저녁밥을 내주었지만 우리는 뜨는 둥 마는 둥 상을 물렸다. 다카하시 상이 그동안의 일들을 더 자세하게 이야기하고, 내가 묻고 그가 답했다.

다카하시 상은 거듭 미안하다고 말했다. 진즉에 알렸어야 했는데, 아니면 영원히 모르게 했어야 했는데, 자신도 이제 늙었는지 자꾸 내 생각이 나더란다. 자신이 죽기 전에 진실을 알려야 한다는 생각이 들더라고. 지금도 잘한 일인지 판단이 서지 않는다는 그에게, 나는 잘하셨다고, 이제라도 알게 되어 다행이라고, 감사하다고 말했다.

"그렇게 생각해준다니, 나도 고맙구나."

스님이 따로 준비해준 방으로 그가 건너가고, 나는 컴컴한 방 안에 이불을 펴고 누웠다. 산사의 처마에 매달린 풍경으로 바람이 스치는 소리를 들으며, 밤새가 우는 소리를 들으며, 저

절로 깊어가는 밤의 소리를 들으며, 여러 나무들이 땅속에서 얽히고설키어 서로 상처 내고 보듬고 아물어 하나가 되어가는 소리를 들으며 밤새 뒤척였다.

나는 그동안 무엇을 했던가. 무슨 생각을 하며 살아왔던가.

당시의 내게는 그 작은 나무 상자가 우리 리에라고 말할 수 없었을 것이다. 그만큼 나의 상태는 좋지 못했으니까. 하지만 이후에라도 사실대로 말해줬더라면, 몸과 마음을 추스르고 슬슬 돌아갈 준비를 하고 있었던 내게 전화로 사랑하는 사람이 생겼어, 하고 거짓을 말하지 않았더라면, 오히려 사랑한다고 사실대로 말해줬더라면, 우리의 삶은 달라졌을까. 함께 리에를 충분히 그리워하고 그를 충분히 사랑하고, 그가 나를 사랑했던 만큼 보살피고 떠나보내고, 그의 염려대로 쓸쓸해졌을까. 지금보다 더?

창호지를 바른 문으로 희붐한 빛이 비쳐 들어오는 것을 보고 방을 나섰다. 눈 쌓인 숲길을 헤치고 올라가 리에와 히데오 앞에 섰다. 두 팔을 벌려 두 나무를 한꺼번에 안아봤다. 내 팔로는 두 나무를 한꺼번에 다 안을 수 없었다. 나무둥치를 밑동까지 천천히 쓰다듬으며 내려왔다. 언 땅에 무릎을 꿇고 앉아 두 나무의 뿌리가 엉킨 부분을 어루만졌다. 어루만지다 그곳에 이마를 대고 입술을 댔다. 후두두 눈물이 떨어졌다. 한번 흐르기 시작한 눈물이 멈추지 않았다.

내 눈물이 뿌리를 적시며 타고 흘러 땅속 깊은 곳 끝까지 닿으면 이 나무들에도 숨이 불어넣어질까. 꿈틀꿈틀 밑동이 다리가 되고, 가지가 팔이 되고, 눈과 코와 입이 생겨 나를 바라보며 두 팔 벌려 그 따뜻한 체온을 내게도 나눠줄까.

나는 왜 그의 거짓말을 알아채지 못했을까. 나는 왜 우리 리에도 알아보지 못했을까. 뒤늦은 후회는 아무 소용이 없었다. 그들은 가고, 지금 여기 나만 혼자 남았다. 이렇게 늦게 와서, 이 울음이 다 무슨 소용이 있는가.

그래도 할 수 있는 것이 없었다. 그래서 울었다. 흐느끼고, 흐느끼고, 또 흐느껴 울었다. 다카하시 상이 올라와 내 어깨를 잡아 일으켜 세울 때까지.

4

후쿠시마로 돌아오는 차 안에서 다카하시 상이 매년 사월과 시월에 제를 지내고 있다고 했다. 리에와 히데오의 기일이었다. 나는 그때 다시 와도 되냐고 물었다. 그가 그래줄 수 있느냐고 오히려 되물었다.

"사실은, 그의 얼굴이 생각나지 않아요."

"……."

"사진이라도 있었으면, 계속 기억했을 텐데."

"나는 사진이 있는데도 그렇구나. 그 아이의 사진을 매일 꺼내 보는데도, 가끔 그 애의 얼굴이 떠오르지 않는단다."

"저에게도 좀 보내주실 수 있을까요?"

"그러마. 네 사진들도 아직 많이 있단다."

"몇 장만 보내주시면, 나머지는 제가 한번 보러 갈게요. 계속 그쪽에 계실 건가요?"

"아직 힘이 있는 동안은 그럴 생각이다. 나중에 힘이 달리면 나도 그 절에 이 한 몸 의탁해야지. 그렇게 하기로 이미 약속이 되어 있구나."

후쿠시마 역에 도착해서는 다카하시 상이 승강장까지 나를 배웅했다. 역무원이 탑승을 독려할 때까지 우리는 승강장 벤치에 나란히 앉아 있었다. 이윽고 열차에 올라타기 직전 그가 한 번 안아봐도 되겠느냐고 물었다. 내가 먼저 그를 안았다.

열차에 올라타 자리를 잡고 앉았다. 다카하시 상이 뒤로 물러나 이쪽을 바라다보고 있었다. 그를 향해 손을 들어 흔들었다. 그도 마주 흔들었다. 열차가 서서히 출발하여 승강장을 벗어날 때까지도 그는 그 자리에 계속 서 있었다.

사이타마에 도착해서는 곧장 가게로 갔다.

"잘 다녀왔어?"

"응"

엄마는 더 이상 아무것도 묻지 않고 주방으로 들어가 뚝배기에 된장찌개를 보글보글 끓여 내왔다. 나물이며 잡채며 반찬도 푸짐했다. 수저를 들고 꾸역꾸역 밥을 먹었다. 엄마가 내 앞에 앉아 반찬들을 자꾸 내 밥그릇 위에 얹었다.

그날부터 일주일을 꼬박 앓았다. 열이 올라 엄마가 내 머리에 찬 수건을 얹어주고, 해열제를 사다가 보리차와 함께 머리맡에 갖다 놨다.

잠시 열이 내려 이불 속에서 나와 앉아 있는 동안 엄마가 내 이불과 요를 베란다 난간에 걸쳐 널었다. 햇살이 엄마의 등 뒤로 엷은 그림자를 드리우며 창턱을 넘어 방 안까지 투명하게 비쳐 들었다.

햇살 안에서 먼지 입자들이 부유했다. 벽장문에 기대앉아 노란 햇살의 터널 안으로 손을 들이밀었다. 햇살과 먼지 입자들은 손으로 움켜쥐면 쥘 수도 있을 것같이 또렷했다. 허공에 대고 몇 번을 움켜쥐어봤지만 손바닥을 펴면 그저 빈손이었다.

이불을 툭툭 털고 있는 엄마에게 물었다.

"나 여기 와서 살까?"

엄마가 나를 돌아다봤다. 햇살이 성모, 성신의 후광처럼 엄마의 머리 뒤로 비쳤다.

"그럴 수 있어?"

"생각 좀 해볼까 봐."

"…… 아냐, 그러지 마."

"왜? 언제는 나보고 오라면서?"

"잠깐 왔다 가라는 거였지. 아주 와서 살라는 소린 아니었어. 사실, 여기 사람들도 말들을 안 해서 그렇지 다들 불안해해. 살던 데니까, 어디로 갈 수도 없고, 가려야 갈 돈도 없고. 설마 하면서 그냥 사는 거지. 알게 모르게 떠난 사람들도 많아."

"서울에서는 전쟁 날까 봐 어떻게 사느냐고 할 땐 언제고."

"그건 다른 문제지."

"뭐가 다른데?"

"그건, 날지도 모르는 거지만, 이건 이미 벌어진 일이잖아. 사람의 힘으로는 이제 어떻게 해볼 도리가 없게 된 거야. 내가 아무리 조심하고 피해 다녀도, 피하려야 피할 수도 없는 일이고. 하긴 둘 다 사람이 벌이는 일이기는 하다만."

"그럼 나, 오지 마?"

"응, 오지 마. 그냥 살아. 여기 일은 다 잊고, 지금처럼 그냥 살아."

엄마는 뒤돌아서 다시 이불을 털기 시작했다. 그 손짓이 제법 맵고 단호했다.

일주일 만에 완전히 자리를 털고 일어났다.

일어나자마자 다카하시 상에게 전화로 안부를 묻고, 라멘집 아저씨에게도 전화했다.

아저씨는 그동안 왜 안 보였느냐고, 어디 출장이라도 갔던 것이냐고 물었다. 나는 아니라고, 지금 일본에 와 있다고 말했다.

"엄마한테?"

"네, 엄마한테요."

"어쩐지 너무 오래 안 보이더라."

"그래서 말인데요, 저번에 정리해주신 수목원 리스트 있잖아
요?"

"응, 그곳들도 가봤어?"

"아니요, 내일부터 가보려고요. 사실은, 그 리스트를 깜박 잊
고 안 가져왔거든요. 혹시 파일로 만들어두신 게 있으면 하나
더 보내주실 수 있나 해서요."

"응, 있어. 보내줄게. 이메일로 보내면 되나?"

"네, 제 이메일 주소는 카톡으로 보내드릴게요."

"그래, 바로 보낼게. 그런데, 여기 정리하고 아주 간 건 아니
지?"

"아직 모르겠어요. 일단은 좀 더 있어보려고요."

"그럼 우린 이제 못 보는 건가?"

"아니에요, 혹시 여기 계속 있게 되더라도 한 번쯤은 갈 거예
요. 집도 정리해야 하고."

"그래, 오게 되면 꼭 들러."

"당연하죠. 여기 아주 있게 되면 놀러 오세요. 자주 오시잖아 요? 이쪽에."

"응, 그렇지. 꼭 그럴게."

"저 없는 동안 별일 없으셨어요? 지용이랑은 안 싸우시고?"

"참, 형수님이 말이야."

그의 목소리가 갑자기 높아졌다.

"형수님이요?"

"응, 그분이랑 결국 합치지 않기로 하셨다네."

"앗, 진짜요?"

한쪽 눈을 찡긋하며 웃는 그의 웃음이 떠올랐다. 정말 웃는 모습이 참 잘 어울리는 사람, 그는 지금도 그런 웃음을 웃고 있을까.

"행운을 빌어요."

"고마워."

역시 내 짐작이 맞았다. 그는 자신의 이야기를 내게도 다 말했던 것이다. 내가 기억하지 못하고 있을 뿐. 다시 찾은 이 기회를 그가 이번에는 놓치지 않기를, 나는 진심으로 바랐다.

전화기 너머로 딸랑, 문에 달린 종소리가 들렸다. 지용이 막 출근한 모양이었다. 지용이 전화 상대가 나라는 것을 알고는 옆에서 큰 소리로 안부를 물었다. 나도 지용의 안부를 물었다.

우리는 몇 가지 소소한 이야기를 더 주고받고는 전화를 끊었다. 마츠리에 손님들이 밀려들 시간이었다.

아저씨에게 말했던 대로 나는 아직 어떠한 결정도 내리지 못했다.

다만, 당분간은 그와 리에를 충분히 기억하고 추억하며 사랑하고 싶을 뿐이다. 그와 함께 갔던 수목원을 찾아다니고, 요코하마 베이브리지 마지막 교각 아래 주차장을 다시 가보고, 중고 서점을 뒤져 그의 사진과 칼럼이 실렸다는 잡지들을 찾아 스크랩할 계획이다. 그가 찍은 수목원 사진들을 추려 전시회라도 열 수 있게 되면 좋겠다. 그가 해왔고 다카하시 상이 이어서 하고 있다는 일까지는 잘 모르겠다. 엄마는 또 내 등짝을 때리며 쫓아 보내려 하겠지만, 어쨌든 내일쯤엔 다카하시 상이 보냈다는 사진들이 도착한다.

와이파이가 잘 터지면서 파일도 출력할 수 있는 곳이 어디일까 생각하며 가방에 노트북을 챙겨 넣었다. 예전 집 근처에 24

시간 내내 개방하는 도서관이 있었는데, 지금도 아직 그대로 있을까?

집을 나서는데 해 질 녘의 하늘이 먹빛으로 잔뜩 내려앉아 있었다. 비를 품은 하늘이었다. 현관 앞의 우산꽂이에서 마땅히 들고 나갈 만한 우산이 있는지 살폈다. 까만 접이 우산을 하나 찾아 흔들어 펴보았다. 우산살이 군데군데 녹슬긴 했지만 아직 쓸 만했다. 우산을 접어 들고서 현관문을 닫고 열쇠 구멍에 열쇠를 꽂았다.

등 뒤로 후드득후드득 비가 내리기 시작했다.

오전 내내 로즈메리 수확 겸 잔가지를 정리했다. 작은 포트
에 담긴 것을 칠팔 년 키워, 밑동 굵은 나무가 된 녀석이다. 뜨
거운 여름 볕이 쏟아지는 베란다 가득 로즈메리 향이 진동한
다. 문득 불어드는 바람을 타고 흩어지는 향에 취해 지난겨울
에 쓴 소설 「수목원」을 생각한다. 소설 속 나무가 된 인물들을
생각한다. 12월에 시작하여 2월 초에 끝냈으니 겨울의 한복판
이었다. 한 사람을 영원히 떠나보냈고, 보내고 돌아와 고집스
레 책상 앞에만 앉아 있었다.

이런 이야기를 써보고 싶다, 하는 생각을 한 것은 동일본 대
지진 직후였다. 한순간에 사랑하는 사람들을 잃고 살아가는 터

전을 잃고 떠난 사람들, 혹은 남은 사람들. 인간의 편리를 위해 만든 시설이 자연에 의해 무참히 파괴되었다. 대기 중으로 흩어지고 바다로 흘러들어 전 지구적 재난이 되었다고도 하지만 무색무취, 아무도 진실을 말해주지 않는다. 흉흉한 소문만 무성할 뿐. 이 이야기도 출처를 알 수 없는 소문 중 하나가 될 수도 있겠다. 그러나 어쩌면 꽤 가까이에 당도해 있을지도 모른다. 어떤 형태로든 내게, 그리고 당신에게 영향을 끼치며.

이제 이 인물들을 뜨거운 세상으로 내보낼 생각을 하니 심란하다. 그들의 마음을 잘 어루만졌는가, 자꾸만 돌아보게 된다. 외래어표기법을 비롯하여 함께 고민하며 꼼꼼하게 교정을 보아준 정사라 씨에게 이 자리를 빌려 고마움을 표한다.

2016년 뜨거운 여름
서진연

ROMAN COLLECTION 008

수목원

초판 1쇄 인쇄 2016년 8월 22일
초판 1쇄 발행 2016년 8월 26일

지은이 서진연
펴낸이 이수철
주 간 하지순
편 집 정사라, 최장욱
마케팅 정범용
관 리 전수연

펴낸곳 나무옆의자
출판등록 제396-2013-000037호
주소 (03970)서울시 마포구 성미산로1길 67 다산빌딩 301호
전화 02) 790-6630 팩스 02) 718-5752

페이스북 www.facebook.com/namubench9
인쇄 제본 현문자현 종이 월드페이퍼

ISBN 979-11-86748-71-8 04810
ISBN 979-11-86748-04-6 04810 (세트)

* 나무옆의자는 출판인쇄그룹 현문의 자회사입니다.
* 잘못된 책은 바꿔드립니다.
* 책값은 뒤표지에 표시되어 있습니다.
* 이 책의 전부 또는 일부 내용을 재사용하려면
  사전에 저작권자와 도서출판 나무옆의자의 동의를 받아야 합니다.

* 이 도서의 국립중앙도서관 출판예정도서목록(CIP)은 서지정보유통지원시스템
  홈페이지(http://seoji.nl.go.kr)와 국가자료공동목록시스템(http://www.nl.go.kr/kolisnet)에서
  이용하실 수 있습니다. (CIP제어번호 : CIP2016018787)